ग्यारह बजे

(मेरी मुम्बई प्रवास की कहानियां -2)

गंगा राम राजी

प्रलेक प्रकाशन प्रा. लि.
Pralek Prakashan Pvt. Ltd.
*in association with JVP Publication Pvt. Ltd.

प्रलेक प्रकाशन का लोगो विश्वप्रसिद्ध महान चित्रकार ***मिकी पटेल** ने बनाया है।

ISBN : 978-93-90410-28-6 (Paper Back)

प्रलेक प्रकाशन प्राइवेट लिमिटेड

PRALEK PRAKASHAN PVT. LTD

वितरक

JVP PUBLICATION PVT. LTD.
602, I/3, Global City, Virar (west),
Thane, Mumbai-401303.
Cell : 9833402902/ 7021263557
ईमेल : pralek.prakashan@gmail.com
वेबसाइट : www. pralekprakashan.com

प्रथम संस्करण : 2020

आवरण सज्जा : JVP Publication Pvt. Ltd.

लेजर टाइप सेटिंग प्रखर कम्प्यूटर
झलवा, प्रयागराज 211015

Gyarah Baje
Ganga Ram Raajee

ग्यारह बजे
गंगा राम राजी

हिन्दी सिनेमा फिल्मकार प्रिय लवरंजन को सप्रेम

सूची

1.लाल बत्ती

चौराहे पर लाल बत्ती के होते ही ट्रैफिक जाम हो गई थी जैसे कवायद करते किसी फैजी टुकड़ी को नायक का थमने का आदेश हुआ हो। मुम्बई का चार बंगला का चौराह अधिक व्यस्त होने से क्षण में ही गाड़ियों की लम्बी लम्बी पंक्तियां बन गई तो मांगने वाले भी इस प्रकार से व्यस्त हो गए मानों किसी स्कूल के विद्यार्थी पी टी मास्टर की सीट्टी के बजते ही पी टी करने में लग जाते हैं। हर उम्र के मांगने वाले भी गाड़ियों के रूकते ही अपना दांया हाथ दया के लिए कारों की खिड़की के शीशे के आगे फैलाने में जुट जाते। भीख मांगने वालों को देखते हुए लगता है कि आदमी के लिए भूख काम से भी अधिक शक्तिशाली क्रिया है।

हमारी कार के शीशे बंद कर दिए गए। मौसम को खुशनुमा बनाने में अरब सिन्धु समीर हौले हौले ठण्डक दे ही रहा था, मैंने पूछा भी, "शीशे बंद क्यों कर दिए ? अरे अरब सागर की अच्छी हवा चल रही थी।" क्योंकि मेरे ही कहने पर कार का ए सी नहीं चल रहा था। खुली हवा का अभयस्त जो ठहरा। तभी मैंने देखा कि पंक्ति में साथ खड़ी दूसरी कारों के शीशे भी बंद पड़े थे।

कार ड्राइव करते हुए मित्र ने कहा, "हवा तो मुझे भी अच्छी ही लग रही थी। क्षमा करना भाई इस चौराहे पर मांगने वालों का तांता लग जाता है। अरे लो भाई आ भी गए।" और वह चुप हो कर आगे की ओर देखने लगा।

"मांगने वाले अपना कर्म कर रहे हैं। इन्हें यही भोगना लिखा है। तो क्या करें ?" और अपनी ओर का शीशा खोलते हुए मेरी पत्नी ने दो रूपए का सिक्का पकड़ कर हाथ बाहर निकाला ही था कि मांगने वाली बुढ़िया की नजर सिक्के पर थी वह पहले ही फूर्ति से मेरी पत्नी की खिड़की की ओर चलीं आई। दो रूपए पकड़ते ही उसका उत्साह कुछ कम हो गया। सोचने लगी होगी कि इस मंहगाई के जमाने में क्या दे रही हो, उसका समय भी बरवाद करने लगी हो, वह बिना कुछ आशीष दिए पीछे स्कूटर में बैठी स्वारियों की ओर हो ली।

दो रूपए पा लेने पर बुढ़िया में मुझे कोई उत्साह नहीं दिखाई दिया। सोचने लगी होगी कि 'कार वालों का दिल तो उनके प्रति ठीक नहीं रहता। उसे मालूम है 'ऊंची दुकान फीका पकवान' फिर भी एक आशा के कि कभी कोई न कोई दयालु भद्र पुरूष मिल ही जाता है। यह तो रोजमर्रा का इनका काम है फिर क्या उत्साह और क्या मायूसी। कौन उन्हें क्या देता है ? हो सकता है उसने पहली ही नजर में हमारा चेहरा पढ़ लिया हो इसलिए ही तो वह कोई आशीष दिए बिना ही पीछे दूसरे शिकार की ओर हो ली।'

इससे पहले कार के अंदर इस पर कुछ प्रति क्रिया होती शीशा बंद कर दिया गया, "भाभी तुम इस तरह न किया करो। हमारी गाड़ी के आगे पीछे लाईन लग जाएगी।"

"भाई साहब हमारे शास्त्रों में भी लिखा है कि मनुष्य को अपनी कमाई का दसांश दान करना चाहिए। इसके बदले हम तो कुछ भी नहीं करते ?" न चाहते हुए भी मैंने पत्नी के पक्ष की पुष्टि करते हुए कहा।

"दसांश तो तब दें जब अपने में सामर्थ्य हो। कड़ी मेहनत के बावजूद गृहस्थी चलाना मुश्किल हो रहा है और आप दान वीर कर्ण बनने की बात कर रहे हैं ?" मित्र ने हंसते हुए कहा।

बात तो उसकी मुझे ठीक ही लग रही थी। आज कल आप कितनी ही मेहनत करें घर की जरूरतें आए दिन इतनी बढ़ने लगीं हैं कि सारा बजट ही डगमगा जाता है। और आज के इस बाजारवाद में आवश्यकताओं की सब सीमाएं टूटती जा रही हैं।

और तभी एक महिला और आ गई। पत्नी चुप हो गई थी। मैं उसकी ओर देखने लगा था वह मेरी ओर देख कर मुस्करा रही थी। मांगने वाली महिला मेरी पत्नी की ओर ही हाथ फैलाए चलीं आई थी यह समझ कर कि जो इस कार में बैठें हैं उन में सबसे अच्छी महिला पीछे ही बैठी है।

"भाभी अब शीशा मत खोलना ...।"

वह महिला बाहर से शीशे पर टक टक करने लगीं। सब आगे की ओर देखने लगे थे। बुढ़िया से कोई भी नजरें नहीं मिला रहे थे। लाल बत्ती हरी हो गई थी। कार अभी आगे खड़ी गाड़ियों के चलने का इंतजार करने लगीं। एक एक करके गाड़ियों में गति आने लगी थी तभी एक छोटी सी बारह तेरह वर्ष की मैली कुचैली सी लड़की दौड़ कर मेरी खिड़की की ओर आईं। मेरे कान में उसकी करूणा भरी आवाज सुनाई दी," भूख लगी है ..." कारों के काफिले के साथ कार तो चल ही पड़ी थी। मुझे अपनी ओर आकर्षित देख मिलने की कुछ आशा से वह कार के साथ दौड़ने लगीं। मेरे अंदर

कुछ कुछ होने लगा। मैं उसे देखता रहा परन्तु कार चला रहे मेजबान मित्र के आगे कुछ बोलने से डरने लगा था। कार चौराहे पर बीच सड़क में रूक भी नहीं सकती थी। मन लड़की के शब्दों पर ही अटक गया था। मुझे लगा कि ये शब्द उसके अंदर से निकले थे कोई बनावटी नहीं थे। उसे किसी ने कुछ नहीं दिया होगा उसका हाथ खाली था। कार ने अब स्पीड पकड़ ली। मैं उसकी ओर देखने लगा वह एक ओर किनारे पर खड़ी दिखी फिर ओझल। मेरी नजरें बार बार पीछे मुड़ कर उसे खोजती रहीं।

उसका चित्र दिमाग पर आने लगा। 'उसे अपने पहने मैले कुचैले कपड़ों की कोई चिंता नहीं थी। उसे नहाए हुए भी तो कई दिन हुए ही होंगें। रूखे काले मटमैले बाल और उनमें जूएं अपना घर बनाके बैंठी होंगी जबकि उसका अपना कोई घर नहीं होगा और यहीं फुटपाथ पर अपने परिवार के साथ सो जाती होगी। उसके हाथ बार बार सर में खारीश करने में लग जाते। पांव में वी शेप की फटी चपल अवश्य थी। मैं तरह तरह से उसके बारे में सोचता रहा। तय किया कि अपने आप ही अकेला आ कर उसे देख लिया जाए कि क्या वह सच में ही भूखी थी या मांगने का एक अभिनय था।'

घर पहुंचते ही एक बहाना बनाकर मैं बाहर निकलकर जल्दी से किराए के स्कूटर पर चार बंगले के चोराहे के लिए चल पड़ा। स्कूटर वाले ने मुझे ध्यान से देखा यह समझ कर कि यह इस शहर में कोई नया ही है स्कूटर को दूसरी ओर से घूमाते हुए ले चला।

मुझे आभास तो हो गया, "क्यों भाई कहां से जा रहे हो ?"

" साहिब सात बंगले की ओर जाने से ट्रैफिक में फंस जाओगे इस लिए जूहू सर्कल से जाने का। जो तुम बोलता है चलूं ?"

"यहां से तो मेरे ख्याल से दूर पड़ेगा ?"

"दूर तो पड़ने का, पर साहिब ट्रैफिक में फंसने का भी। तुम बोला तो इधर से चलूं ?" उसने स्कूटर रोक लिया, मेरी ओर देखने लगा। वह मेरी आज्ञा का इंतजार करने लगा।

मुझे यह तो ज्ञान था कि राजधानी दिल्ली की अपेक्षा यहां पर स्कूटर वाले ठगते नहीं। इमानदारी से काम करते हैं। मैं पूरी तरह से इस शहर का भौगोलिक परिचय तो नहीं रखता था परन्तु कहीं न कहीं लग रहा था कि स्कूटर वाला मुझे वेबकूफ बना तो रहा है, मैंने उसे पूछ ही लिया, "भाई, तुम रहने वाले कहां के हो?"

"यू पी का हूं साहिब।"

"तुम हिंदी तो मराठी जैसे बोलते हो ?"

"हां साहिब, यहां बहुत साल हो गए हैं न। अच्छा कहां से चलें ?"

जब उसने अपने को यू पी का रहने वाला बताया तो मैं समझ गया कि यह मुझे चालू कर रहा है और मीटर को दौड़ाने के लिए लम्बे रास्ते से ले जा रहा है फिर भी मैंने उसे कहा, ''भाई जहां से तूझे ठीक लगता है वहां से चल परन्तु जल्दी चल।''

फिर क्या हम तो जूह सर्कल की लाल बत्ती पर फंस ही गए। उसे कोई फरक नहीं लग रहा था। उसका मीटर तो खड़े होने पर भी चल ही रहा था। गाड़ियों की लम्बी कतारें तो यहां आगे खिसकने का नाम ही नहीं ले रही थी। थोड़ी देर रेंगती फिर लाल बत्ती हो जाती।

यहां भी मांगने वालों की कमी नहीं थी। लेकिन मांगने वालों का वर्ग कुछ भिन्न अवश्य था। यहां पर खुसरे ही खुसरे अधिक दिखाई देने लगे थे जो अपने को ठीक ढंग से सज्जे संवारे हुए थे। एक खुसरा मेरे आगे तालियां बजाने लगा, ''तेरा भला करे न ऊपर वाला रे साहब ...'' वह तालियां बजाता रहा। मुझे लगा कि इस खुसरे में भी यू पी की टोन है। तभी दूसरी लाईन से एक दूसरा खुसरा तालियां बजाता हुआ आगे निकल गया। सब मांगने वालों ने अपनी अपनी कार की लाईन संभाली हुई थी। लाल बत्ती हरी होने का नाम ही नहीं ले रही थी । मन ही मन स्कूटर वाले को कोसने लगा कि यह हमें कहां से ले आया ? खुसरा हमारे स्कूटर के पीछे एक बड़ी सी कार के पास जल्दी से चला गया।

ये मांगने वालों को अपने लाल बत्ती के समय का ख्याल रखना होता है लगता है कि समय के बड़े पाबन्द होते हैं। इन्हें उसी तरह से काम करना पड़ता है जैसे कोई विद्यार्थी परीक्षा भवन में समय का ख्याल रखते हुए अपने प्रश्नों के उत्तर सीमित समय में ही लिखने होते हैं। इन्हें भी इसी समय अधिक से अधिक गाड़ियों की स्वारियों से कुछ न कुछ मांगना ही होता है। वह तालियों पर तालियां बजाता हुआ पीछे की ओर कैटवॉक करता चला गया।

स्कूटर वाला कुछ आगे खिसक गया और लाल बत्ती का ख्याल किए बिना ही उसने यू टर्न दूसरी सड़क से ले लिया। मैं चुप रहा सोचता रहा कि उसने लाल बत्ती की परवाह न करते हुए ही यू टर्न ले लिया। अरे उसे तो इस ओर ही जाना था। मैंने यहां पर अधिक खुसरों की संख्या देखते हुए अपनी जिज्ञासा का समाधान उससे करना चाहा,

''क्यों भाई इस चौराहे पर खुसरे ही खुसरे सबसे अधिक दिखाई दिए?''

''हां साहिब, यहां बड़े लोग खुसरों को अच्छा मानते हैं और शुभ मानते हैं। यहां से बड़े लोग अपने ऑफिस जाते हुए इन्हें खूब पैसा देतें हैं इसलिए सबसे अधिक खुसरे यहां ही मिलने का।''

मैंने उससे अधिक कुछ नहीं पूछा। अब मेरा ध्यान मीटर के अंको को पढ़ने में

लग गया था जो पल पल आगे की ओर धीरे धीरे पहली कक्षा के बच्चों की तरह गिनती करने में लगा था।

चार बंगले के चौराहे पर मैं उत्तर गया। साठ रूपया देना पड़ा। उस समय उसे लड़की को दस का नोट भी दे देता तो मेरे मन में उठीं यह लहरें न होती और लड़की भी खुश होती ही मुझे भी संतोष होता और मेरे मन में हलचल भी न होती। फिर मन को यह तसल्ली देने लगा कि एक तरह से तो मैंने स्कूटर वाले मेहनत से जीविका कमाने वाले की मदद तो की ही। मैं उस लड़की को देखने लगा जो मुझे कहीं भी नहीं दिखाई दे रही थी।

लाल बत्ती होती गई गाड़ियां रूकती गईं, मांगने वाले लाल बत्ती होने पर अपने धंधे में लग जाते। सोचने लगा इनको किसी काम की ट्रेनिंग सरकार देती तो ए लोग इस काम को नहीं करते। इनका यह काम भी पैतृक ही बनता जा रहा है। पैतृक प्रचलन हमारे यहां आदिकालीन ही तो है। राजा का लड़का राजा, राजनीतिक का लड़का राजनीतिज्ञ, व्यापारी का लड़का व्यापारी तो भीख मांगने वाले की औलाद क्यों नहीं भीखमंगी हो ? हमने इनके लिए क्या किया ? इनको शिक्षित किया होता तो इनकी अगली पीढ़ी कुछ सोचती और इस काम को घृणित समझती।' तभी मेरी नजर एक चौदह पंदरह वर्ष की दुबली पतली छोटी सी लड़की पर पड़ी जिसने अपनी गोद में एक नन्हीं सी बच्ची को आगोस में लिए हुए था, एक हाथ से गाड़ियों में बैठे लोगों से पैसे मांग रही थी। वह अपनी इस अगली पीढ़ी को जाने अनजाने में अपने ही काम के लिए तैयार करने में लगी थी। सोचने लगा कि यह औलाद इस छोटी सी उम्र में उसकी ही है या ...?

लाल बत्ती होती गई, गाड़ियां रूकती गई, एक ओर खड़ा दूर दूर तक जिसको ढूंढने निकला था कहीं भी नजर नहीं आ रही थी, घर की ओर पैदल ही चल पड़ा।

अगले दिन किसी काम से दिन ढले निकला था। उस लड़की का ख्याल आते ही मेरे कदम चार बंगला के चौराहे की ओर हो लिए। अंधेरा होने लगा था। एक ओर खड़ा लाल बत्ती हुई मेरी नजर उसे ढूंढने में लगी ही थी तो दूसरे कोने में वही लड़की एक हाथ से अपने सर को खुजलाते हुए दूसरे हाथ कार वालों से दया का पात्र पाने को फैलाए हुए थी। लाल बत्ती के आदेश से रूकी गाड़ियों के काफले को मैं जल्दी से पार करने में लगा परन्तु लाल बत्ती ने अपने हरे होने का संकेत देने से पहले ही गाड़ियां हरकत में आने लगीं और मैं भी तेजी से सड़क पार करने में उस लड़की तक पहुंचने में लगा था।

देखते देखते उस लड़की के पास वाली पजारो कार का एक दरवाजा खुला एक लड़के के हाथ में सौ का नोट था। मैं सोचने लगा यहां तो ऊँची दुकान फिका पकवान

नहीं है और हरी बत्ती होने से हॉर्न तो बज ही रहे थे गाड़िया का काफला आगे की ओर तेज गति से चलने लगा। मैं अपने को इन गाड़ियों वालों से बचाने से मेरा ध्यान उस लड़की से हटा ही था एक चीख सी सुनाई दी। लड़की गायब ! सड़क पर गाड़ियां सरपट भागने लगीं थी।

मैं दूसरी ओर पहुंच चुका था। लड़की को पजारों में बैठे चार लड़के ले गए थे। चीख उसी लड़की की थी। वे पढ़े लिखे भद्र पुरूषों के छोरे लड़की को अपनी हवस पूरी करने के लिए ले गए। बड़े लोगों की वेलगाम औलादों की नायजयाज़ संम्पति में पल रही इस पीढ़ी की हवस शक्तिशाली बनती जा रही है जो समाज की सीमा को तोड़ने में अपना गौरव महसूस करती हैं। भारत का मुम्बई शहर जो इनसानियत, सुसंस्कृतिक आदि गुणों से परिपूर्ण माना जाता रहा है में भी अब उत्तर भारतीय हवाएं आक्रमण कर चुकी हैं। इसमें आश्चर्य नहीं है कि दुष्कर्म जल्दी रफतार पकड़ते हैं। इन्हें कोई लाल बत्ती नहीं रोक सकती है।

इस लड़की की पुलिस वाले अब कोई रिपोर्ट नहीं लिखेंगे क्योंकि यह इनकी इनवैस्टमैंट है और इनवैस्टमैंट को सब फलता फूलता ही देखना चाहते हैं। पजारों को वे अवश्य पकड़ लेंगे। अगले केस तक इनका दाना पानी रईशों के काले धन से चलता रहेगा। और एक वर्ष बाद वह लड़की अपनी गोद में छोटी सी औलाद को उठाए इसी चौराहे पर अपनी संतान को इसी काम के लिए तैयार करने के लिए मिलेगी ? वर्षों के अंतराल के बाद यही औलाद इन बिगड़ी रइशों की औलादों की हवस को पूरा करने में लगी रहेंगी, चौराहे पर लाल बत्ती ट्रैफिक को रोकती रहेगी बड़ी कार का दरवाजा खुलता रहेगा और ...। उत्तर की हवाएं अब मुम्बई फिर दूसरे शहर की ओर अपना रास्ता बना ही लेंगी।

गाड़ियां लाल बत्ती के डर से फराटे से दौड़ने में लगीं थीं। यह फराटा मेरे दिमाग में चल रही फिल्म के पर्दे को नहीं हिला पा रहा था। परन्तु मैं तो सड़क पार करने के लिए लाल बत्ती का इंतजार करने लिए एक ओर खड़ा हो गया।

2.चाय, फिर झाडु, अब सड़क वाला जी एम

वर्सोवा बीच पर मस्त राम दो बजे तक अपने बॉडी गार्ड के साथ रेतीले तट पर बोतलें इक्कठी करता रहता। 'बॉडी गार्ड' जो ठहरा हमेशा ही उसके साथ रहता। जब से उसने यहां वर्सोवा बीच पर अपना बसेरा बनाया है तब से ही दोनों एक दूसरे से दूर नहीं रहते। अब तो दोनों एक दूसरे के पूरक हो गए थे। वैसे भी दो करोड़ आबादी से ऊपर इस मुम्बई शहर में इस बॉडी गार्ड के अतिरिक्त मस्त राम का कौन था जो उसके सुख दुख में काम आता ?

इस बॉडी गार्ड की भी अपनी एक कहानी है। 'एक शाम को मस्त राम इसी बीच पर बोतलों के लिए चहलकदमी कर रहा था तो उसे 'कूं ... कूं' की आवाज सुनाई देने लगी। अंधेरा हो चुका था। उसने इधर उधर देखा कहीं कुछ नजर नहीं आया फिर भी जिस ओर से आवाज आ रही थी वह उस ओर हो लिया तो देखा कि एक काले रंग का धूल धूसरित कुत्ता जिसके मुंह, पीठ और पूंछ पर सफेद रंग की मोटी छोटी धारियां थीं, जिसे देख लग रहा था कि पवित्र आयतें लिखी हों, के पिछले पांव के साथ शरीर का कुछ भाग रेत में धंसा पड़ा था। वह अगले दोनों पांवों से जोर लगाकर लाख कोशिश करने पर भी अपने को रेत के चंगुल से निकाल नहीं पा रहा था। रेत पर पीछे उसकी पूंछ बाहर अवश्य निकली हुई थी जो थोड़ी बहुत हिल रही थी। वह अपने पांवों से उसी तरह से कोशिश कर रहा था जैसे किसी कार के टायर रेत में फंसे पड़े हों और जोर लगाने पर वे केवल स्लिप करने के अतिरिक्त कुछ नहीं कर पाते। अब वह हार कर केवल 'कूं ... कूं' करके अपनी मदद के लिए गुहार लगा रहा था।

लोग उसे देखते और उसकी बेबसी पर हंसते हुए आगे निकल जाते। किसी के पास उसकी मदद करने का समय ही नहीं था, वे अपनी अपनी साथी लड़की के गले में बाहें डाले निकले जा रहे थे। उन सबके लिए यह दृश्य एक मनोरंजन बन गया था। वे लोग अपनी खुशी में खलल नहीं डालना चाहते थे। मस्त राम ने देखा उसकी समझ

में नहीं आ रहा था कि वह इस रेतीली दलदल में कैसे फंस गया है ? मस्त राम को लगा कि बच्चों ने उसे रेत में धंसाया होगा क्योंकि बच्चे यहां पर रेत में इस तरह से खेलते रहते हैं। नहीं तो यहां पर रेत में इस तरह से कोई भी नहीं फंस सकता ? मस्त राम ने इस प्रश्न पर बाद में विचार करने की सोची, पहले इस संकट में फंसे प्राणी को निकाला जाए।

मस्त राम से रहा नहीं गया उसे तुरन्त निकाला और उसकी पीठ पर हाथ से सहलाते हुए उसे प्यार करने लगा। वह भी अपनी मदद का धन्यवाद अपनी पूंछ हिलाता हुआ करने लगा वह तो उससे चिपटते ही जा रहा था। शायद वह कहने जा रहा हो कि इस माया नगरी की इस सागर की बीच में सच्चा प्यार करने वाले केवल तुम ही हो, तुम ही असली पुरूष हो।

मस्त राम ने देखा कि उसके गले में एक पटा बंधा हुआ था। इसका अर्थ कि वह किसी का पालतु होगा। इस रेत में फंसने पर उसके स्वामी ने उसे यहीं छोड़ दिया होगा या इसका तमाशा बनाने के लिए उसे स्वयं रेत में आधा दबा दिया होगा। मस्त राम इधर उधर उसके स्वामी को देखने लगा कि कहीं उसका स्वामी आस पास ही न हो ? कुत्ते ने कूं कूं बंद कर दी थी। वह अब भी मस्त राम से लिपटते हुए अपनीं पूंछ हिला रहा था। मस्त राम को उसका यह प्यार अच्छा लगने लगा। वह इतना उसके साथ चिपटने लगा था कि उसे छोड़ने का नाम ही नहीं ले रहा था। वह मस्त राम की आंखों में आंखें डाल धन्यवाद का इजहार करने में क्या लगा कि उसकी आंखें भीग आई थीं। यह देख मस्त राम को उससे हमदर्दी हो आई थी, तभी उसने उसे अपनी बाहों में भर लिया। उसके शरीर में लगा रेत झाड़ने लगा। इसी मध्य उसकी आंखें भी तरल हो चुकी थी। उसे एक नया दोस्त मिल चुका था।

बस उस दिन के बाद कुत्ते ने उसका साथ नहीं छोड़ा। किसी का पालतु होने पर भी वह कभी उससे दूर नहीं गया। अब वह उसके पास ही होता, साथ ही सोता साथ ही जागता। दिन में मस्त राम कहीं इधर उधर भी चला जाए तो सांझ होते ही पूरी वर्सोवा बीच में वह कहीं भी हो उसे ढूंढ ही लेता और इस तरह से चिपटने लगता जैसे कि उन्हें बिछुड़े हुए सदियां हो गई हो। कुता अब उसका ख्याल रखने लगा था। इसी बात पर मस्त राम ने उसका नाम 'बाडी गार्ड' रख दिया और अपने को किसी वी आई पी से कम नहीं समझने लगा जिसके आगे पीछे सक्योरिटी वाले चलते हैं। एक बार उसने उसे अपने ऊपर क्या सुलाया अब तो वह हमेशा रात को मस्त राम के ऊपर ही सोता था। उनके पास से जब लोग गुजरते थे तो यह दृश्य देख सब हंसते थे।

मस्त राम भी अपने बॉडी गार्ड को पा कर अपने पिछले जीवन के दुख दर्द सब

भूल ही गया था। अब उसका एक नया परिवार बन गया था। दिन में बोतलें बेच कर जो वह कमाता उसका हिस्सा वह बॉडी गार्ड के साथ ही बांटता अर्थात जो कुछ भी वह लाता दोनों मिल जुल कर खाते। अपना काम शुरू करने से पहले सागर के किनारे एक चट्टान पर मस्त राम बैठा होता और उसके कदमों में पूंछ हिलाता बॉडी गार्ड, कम से कम डिनर इकट्ठा करते, जिसे सिंधु समीर के प्रेमी सज्जन देख कर खुश होकर आश्चर्य प्रकट करते रहते। अब तो मस्त राम को उसके बिना खाना खाने को दिल ही नहीं करता। लोग चाहे बॉडी गार्ड को कुछ भी अच्छा बुरा खाने को दें वह मस्त राम के बिना नहीं खाता था।

मस्त राम कभी-कभी सोचता कि इसके साथ पिछले जन्म का कोई रिश्ता अवश्य रहा होगा, जो वह अपनों जैसा यहां मुम्बई में उसे मिल गया। वह दूर से सागर की हल्की हल्की समीर में बैठे जोड़ों की तलाश करता और उनके उठने का इंतजार करता रहता कि कब वे अपने घर जाऐं। उनके द्वारा छोड़ी हुई दारू की बोतलों को उठाता और अपने पीठ पर रखे बोरे के हवाले कर देता। बोतलें उठाते हुए उसे कई सुंदर नजारे भी देखने को मिल जाते जिससे वह अपनी भूख को ही भूल जाता और उसके अंदर भी कोई हलचल होने लगती। यह कार्यक्रम बड़ी देर रात तक चलता रहता कभी कभी तो उसे सुबह के तीन भी बज जाते। उसका बॉडी गार्ड भी उसका साथ देता। जहां बोतलें पड़ी मिलती वह भी एक एक करके अपने मुंह में उठाकर मस्त राम के पास ले आता या कोई बड़ी सी बोतल होती जो उससे उठाई न जाती हो मस्त राम की पैंट पकड़ कर उसे खैंच कर बोतल के पास ले आता। इधर उधर से लोग जब यह नजारा देखते तो उन्हें अच्छा लगता और इस दृश्य को देखते रहते। उन सबके लिए यह सब एक मनोरंजन बन गया था।

इससे मस्त राम को लाभ होने लगा था। लोग वहां पर बियर या शराब पी कर बोतल जब खाली करते तो 'चो चो करके बाडी गार्ड को बुलाकर बोतल ले जाने का तमाशा देखते। इस अदभुत जोड़े की चर्चा आस पास होने लगी थी और कुछ जोड़े अपने प्रेम के इज़हार के साथ बॉडी गार्ड के करतब देखने का भी लुत्फ उठाते। भीड़ भी बढ़ने लगी और उसकी बोतलें भी बहुत इकट्ठी होने लगी थी। उसकी कमाई में बढ़ौतरी होने लगी थी।

बहुत रात होने पर भी उसे सोने की जल्दी नहीं होती यही तो उसकी रोजी रोटी बन गई थी, देर रात तक जागना और बोतलें इकट्ठी करना। उसे यह काम रोचक लगता। इस काम में उसका जीवन का धंधा चल रहा था। वह खुश था। वह जितना कमाता अगले दिन शाम होने तक उतना वह अपने और बॉडी गार्ड के पेट के हवाले कर देता था।'

आज वह और दिनों की अपेक्षा सबसे ज्यादा बोतलें इकट्ठी कर पाया था। शायद आज आस पास कोई शादी थी या मौसम का मिजाज़ बदलने लगा था या कुछ और। बहुत काम होने पर वह सब बोतलों को इकट्ठा कर सोने लगा तो उसे अपना घर अपनी मां याद आने लगी। एक समाचार पत्र के टुकड़े में पाव भजिया क्या ली उस पत्र में मनवर राणा की मां पर शायरी की कुछ शीर्ष पक्तियां 'किसी के हिस्से में मकान आया, किसी के हिस्से में दुकान आई, मैं घर में सबसे छोटा था मेरे हिस्से में मां आई।' पढ़ने को मिली, मस्त राम के आंखें भर आईं मां रह रह कर याद आने लगी। फिर क्या मां से मिलने की इच्छा प्रबल होने लगी।

बापू की ठोकर से जब वह घर छोड़ कर भाग कर मुम्बई आया था आंखें के आगे चल चित्र की तरह याद आने लगा-

'बड़ी मुश्किल से आठवीं तक पहुंच पाया था। एक दिन होम वर्क पूरा न होने पर मास्टर ने छड़ी से इस तरह से पीटा कि उसे मास्टर की छड़ी पकड़कर तोड़नी पड़ी थी। मास्टर ने अपने से अधिक मस्त राम की आखों में खून देखा तो कुर्सी पर बैठ गया परन्तु मस्त राम उस दिन के बाद क्लास में लौट कर नहीं आया। फिर क्या करता कुछ साल दर दर की ठोकरें खाने के बाद जब बापू ने भी ठोकर मारी तो घर से ही निकल पड़ा। सोचने लगा 'बापू ठीक ही बोलता था। इतना बड़ा हो गया अब भी उसकी पीठ पर बैठा रहूं ? घर से निकलेगा तो ही कुछ कर पाएगा। फिर क्या घर छोड़ दिया मस्त राम ने। गांव से ट्रेन यह सोच कर पकड़ी कि जहां तक वह इस ट्रेन में पहुंच पाएगा वहीं तक चला जाएगा। रेलवे वाले उसे पकड़े तब भी ठीक रहेगा। रोटी पानी तो मिल ही जाएगा। रोटी के लिए ही वह घर छोड़ कर भागा था।

भागते हुए उसे अम्मा याद आती रही।' आज भी बार बार याद आने लगी थी। याद आते ही आंखें छल-छला क्या आई साथ बैठा बॉडी गार्ड उससे लिपटने लगा, पूंछ हिलाने लगा, कूं कूं करने लगा। मस्त राम का ध्यान उसकी ओर जाते ही उसने उसे अपनी बाहों में भर लिया। उसे प्यार करने लगा उसकी आंखें अब तो बरस ही पड़ी थीं।

बॉडी गार्ड को अपनी बाहों में भरे उसे गोदी में लेकर झुलाने लगा जैसे छोटे बच्चे को मां लेती है। मस्त राम फिर से अपनी यादों में खो गया।

'गरीब रथ पर क्या सवार हुआ उसे अपनी गरीबी ही भूल गई। देर तक आनंद ही नहीं ले पाया था कि टी टी ने पकड़ लिया।

''साब जी गरीब रथ है गरीबों के बास्ते होता है। हम गरीब है लालू ने हमारे लिए रथ चलाया है। ...''

बस उसे आगे बोलने ही नहीं दिया, ''साला आगे से बोलता है एक तो चोरी और ऊपर से सीना जोरी ... गरीब रथ मुफ्त की सेवा है क्या ?''

दो चार घूंसे मस्त राम को पड़े तो उसे भी नानी याद आने लगी। टी. टी. और मस्त राम दोनों को हिन्दी गुरू ने जो मुहावरे पढ़ाए थे याद आने लगे।

कमीज के कालर से पकड़ कर टी टी उसे दरवाजे के पास ले आया तो मस्त राम ही बोला, ''साहिब जी , मैंनु चाहे चुतड़ पर पीठ पर जहां भी अच्छा लगे वहां मारते जा पर कमीज न फाड़ी।'' वह टी टी की जुबान में ही बोलने लगा।

''साले आगे से बोलता है ...'' फिर एक घूंसा मिल गया। टी टी का हाथ अब मस्त राम की कमीज की जेब में कुछ ढूंढने लगा था। जेब खाली देख टी टी को और भी गुस्सा आया।

''अरे साहिब अब के मारा तो बुरा होगा। मैं छलांग मार दूंगा। तुझे फंसा दूंगा देख लेना। यह गरीब रथ है गरीबों का है लालू गरीब का आदमी है तभी ही वह चारा खाता था तुम तो हमारा खून खाता है।''

बस अब क्या ? अब तो टी टी का गुस्सा सातवें आसमान पर। यहां भी उसने हिन्दी गुरू का मुहावरा अपने ऊपर ले लिया।

''साहिब, रूक जा कैद कर ले पर लात मत मार नहीं तो मैं तेरी मार लूंगा ... समझा ...'' समझा मस्त राम ने अपना पूरा जोर लगा के बोला कि ट्रेन की आवाज में भी दूर तक अंदर डिब्बे में बैठे यात्रियों को सुनाई दिया तो दो चार लोग बाहर निकल आए थे। अब टी टी कुछ सहम गया था। लोगों के सामने मस्त राम को चोर उच्चका कहने लगा।

''लालू का गरीब रथ है यह हमारे लिए है। मैं अभी फौन करता हूं। मैं तेरी नौकरी पक्की कराता हूं। मेरे से पैसे मांगता है। ...'' आदि आदि बोल कर मस्त राम साथ खड़े लोगों का ध्यान अपनी ओर करने में सफल हो गया। उसके कान पर से खून निकलता देख टी टी वहां से खिसक गया, ''मैं अभी आता हूं तेरे को मजा चखाता हूं।'' बोल कर जल्दी से चला गया।

साथ के लोग लालू का नाम सुनकर हंसने लगे थे।

''भाई साहब आप लोग हंसत है एक चारा खाता है तो दूसरा ट्रेन खाता है जिसका जहां जोर लगता वही ही खाता है ... कुछ लोग हम जैसे गरीब को खाता है ...'' मस्त राम अपने कान के पास के खून को पोंछते हुए बोलने लगा लोग वहां से खिसकने लगे और वह अकेला रह गया।

मस्त राम सोचने लगा कि उसे इस ट्रेन से उतर जाना चाहिए। टी. टी. अपनी

हार नहीं मानेगा। वह अपना स्टाफ या सिपाहियों को लेकर आएगा। अब के वह कुछ नहीं कर सकता उसे अगला स्टेशन आते ही उतर जाना चाहिए तब तक वह किसी संड़ास में ही बैठा रहे। और वह पीछे के एक डिब्बे की अंग्रेजी संड़ास में जा बैठा था।

मस्त राम गाड़ी की संड़ास में बैठा इस किस्से को याद कर रहा था। मां याद आने लगी। अब सोचने लगा कि कितनी देर तक बैठा रहेगा। उसने जल्दी से फ्लश जान बूझकर छोड़ी यह सोच कर कि कोई बाहर अगर खड़ा है तो समझ ले कि कोई अंदर काम में लगा है बाहर आ गया।

इस तरह से वह सोचता हुआ कभी संड़ास में तो कभी एक डिब्बे से दूसरे डिब्बे में जाता रहा और पहुंच गया माया नगरी मुम्बई। बाहर पांव रखते ही इधर उधर देख उसे अच्छा लगने लगा था। फिल्म के बड़े बड़े कलाकार याद आने लगे। सोचने लगा कि किसी फिल्मी हस्ती के यहां काम किया जाए ? कटरीना के यहां तो वह मुफ्त ही काम कर लेगा। गाड़ी रूकी सामने अंधेरी लिखा था। उसने अंधेरी के बारे सुन रखा था, उतर गया। सोचा पहले स्टेशन से बाहर तो निकला जाए। रात की घटना अब तक उसके दिमाग में थी।

बाहर निकलते ही वह चलता गया। सबसे पहले उसके दिमाग में समुद्र देखने की थी। शाम होने तक जब भूख लगने लगी थी तो बापू की गालियां और अम्मा फिर याद आने लगी। स्टेशन पर पानी पी लिया था उससे क्या बनता। अब क्या करूं किस से मजदूरी मांगू। जिस से भी काम की बात करता सब उसका परिचय पत्र मांगते गए। यहां बाहर से आने वाले हमारे ही भाईयों ने अपने वर्ताव से हम लोगों की रेपुटेशन ही बिगाड़ रखी है तो क्या करें ? सब लुच्चे लफंगों की बात छोड़ो मुम्बई की ओर तो आतंकियों तक का आकर्षण रहा है।

अब तो पहले पेट भरने का ध्यान आने लगा। जब ध्यान आने लगा तो भूख भी जोर से लगने लगी। यह शहर उसके लिए नया ही था। उसे इसकी भूगौलिक स्थिति समझने में समय लगेगा पहले पेट के हवाले तो कुछ किया जाए। वह यहां से चलता गया।

सामने ही उसे एक रेहड़ी वाला दिखाई दिया। रेहड़ी पर पाव भाजी बन रही थी। लोग रेहड़ी के आस पास खड़े खाने में लगे थे। खाने वाले लोग उसे अपने जैसे ही लगे। वह आगे रेहड़ी वाले के पास गया।

''भाई मैं जूठे बर्तन साफ कर लिया करूं। भूख लगी है।''

मस्त राम रेहड़ी वाले को टुकर टुकर देखता रहा। रेहड़ी वाले ने कुछ नहीं बोला परन्तु उसे दो पाव खाने को दे दिए। वह खुश हुआ और मन ही मन रेहड़ी वाले के गुण गान करने लगा।

पाव खा कर वह वहां से गया नहीं परन्तु उसका कुछ काम करने लगा वह वहीं पर रम गया। यह जगह उसके लिए उपयुक्त थी क्योंकि उसे वर्सोवा बीच में खुले में जाना, शौच करना महीनों न नहाना, फिर जब कभी नहाने की आए तो पानी में डुबकी लगाना और रात को बहुत से लोगों को प्रेम पाश में देखना सबसे अच्छा लगता, वह यहीं ही बस गया था। सारे दिन वह खाली रहने लगा और शहर के कभी कहीं तो कभी कहीं चक्कर काटने लगा परन्तु शाम को रेहड़ी का समय होता तो वह आ जाता।

बहुत दिनों तक वह उसके पास नहीं रह सका स्वतंन्त्र रहने वाले पक्षी को यहां कुछ बंदिश सी लगी।

यहीं उसे अपने प्रदेश के एक अंकल से भेंट हुई। वह यहां पर पाव भाजी खाने आता था। उसकी बोली से वे एक दूसरे को अपने वर्तनी पहचान गए थे। वह रेहड़ी पर पुराने कपड़े बेचा करता था के साथ काम करने की सोचने लगा। तभी मौका देख पाव भाजी वाला जब उससे बदतमीजी से बोलने लगा था तो वह उसे छोड़ यहीं वर्सोवा बीच में ही बस गया था और अंकल के साथ फुटपाथों पर कपड़े बेचने का दूसरा काम करने लगा।

मुम्बई शहर का उसे ज्ञान हो चुका था। अब उसे एक नया अनुभव हुआ। यहां भी सरकारी तंन्त्र इतना बिगड़ चुका था कि कोई किसी को काम ही नहीं करने देता। अपनी हिस्सेदारी पहले ही मांगने लग जाते हैं। उसने रेहड़ी लगा कर कपड़े बेचने आरम्भ किए। काम अच्छा चलने लगा था। कमाई अच्छी होने लगी थी। कमाई का बीसांश से भी ऊपर का हिस्सा पुलिस, कमेटी का इन्सपैक्टर ले जाने लगे। काम के ठीक वक्त पर इन्सपैक्टर गठरी को ले जाता और जब तक कि उसकी जेब गरम न हो तो... न काम न गठरी लौटती।

'इस बिगड़े सरकारी तन्त्र को पटरी पर लाने के लिए किसी अवतारी पुरूष की आवश्यकता है। हमारे शास्त्रों में लिखा है कि अपनी कमाई का दसांश अपनी इच्छा से दान करो परन्तु आज के दानव शास्त्र बोलता है कि पच्चांश दो और साथ मार भी खाओ। कहां रूकेगी यह दादा गिरी। पंजाब का आतंक वाद पुलिस की दादा गिरी, झारखंड का नक्सल बाद हुकूमत की दादा गिरी का ही परिणाम है और अब यह इन्सपैक्टर बाद की दादा गिरी क्या रंग लाएगी कुछ न कह सकते? 'जब जब आन परी जन पर तो तूने इस धरती पर जन्म लिया' बापू का यह गाना जो वे घर पर गाया करते थे याद आने लगा। हे प्रभु अब तो अति होने लगी है और तेरे अवतार लेने का समय आन पड़ा है। जल्दी कर।' उसने अवतार तो नहीं लिया परन्तु मस्त राम ने मस्त होकर जीना चाहा था कहां फंस गया, काम ही छोड़ दिया।

वर्सोवा बीच उसे अपने गांव सी लगती थी। सब सुख सुविधा उसे अपने गांव जैसी ही तो थी, उसे सुबह शाम या कभी भी शौच आदि के लिए जाना पड़ता था यहां उसे गांव जैसा खुला वातावरण मिलता और सागर का पानी खराब करने के साथ वातावरण भी गंदा करता ही था। उसे यहां पर ही कुछ लड़के खाली बोतल उठाते नजर आए तो उसे भी यही काम सूझ गया। वह स्वतन्त्र काम करने के पक्ष में था। उस पर उसे एक दोस्त बॉडी गार्ड भी मिल गया था उसके मन की हो ली वह यहीं पर जम गया। खुले आसमान की छत, शयन के लिए बीच का एक किनारा और उसे क्या चाहिए।

मस्त राम का यह काम जम के चल पड़ा। उसके पास प्रतिदिन सैंकड़ों बोतले इकट्ठी होने लगी तो उसके प्रतिद्वन्दियों में ईर्ष्या भी बढ़ने लगी। उसका बॉडी गार्ड किसी और को बोतलें उठाने ही नहीं देता था। लोगों का रूझान भी मस्त राम और उसके बॉडी गार्ड की ओर होने से उसके काम में बढ़ौतरी होने लगी थी पियाक्कड़ अपनी बोतल जब खाली करते तो एक खेल बन गया था कि कब बॉडी गार्ड आएगा और उनकी बोतल को उठा कर ले जाएगा वे भी दूसरों को बोतल उठाने नहीं देते। यह सब देख प्रतिद्वन्दी बॉडी गार्ड को हटाने या मारने की सोचने लगे थे। बॉडी गार्ड के होते वर्सोवा बीच पर केवल मस्त राम का बोल बाला हो गया था। इसके होते इस बीच पर किसी और की एंट्री नहीं हो सकती थी। बॉडी गार्ड को एक दम से पता चल पड़ता था कि कोई अन्य लड़का बोतल उठाने वाला है तो वह उसे जब तक बीच से बाहर नहीं निकाल लेता तब तक वह आराम से नहीं बैठता था।

मस्त राम का काम बढ़ने लगा तो पाव भाजी का स्वाद भी उसे फीका लगने लगा था। इस पर भर पेट भी तो नहीं होता था। अब तो ठीक खाना गुरू कृपा रैस्टोरैंट से ले आता और अपने ही अड्डे पर दोनों जब खाते तो यह भी लोगों को आकर्षण बन गया था। इन दोनों मानव और जानवर के अद्भुत प्रेम की गाथा इतनी चर्चित हो गई थी कि पहले अखवार वालों ने फोटो के साथ कॉलम लिखे फिर लॉकल चैनल वालों ने इनकी मित्रता को टैलीकास्ट किया। अब तो मस्त राम और बॉडी गार्ड वर्सोवा का हीरो क्या बन गया काम के बढ़ने से अपना बैंक अकांउट खोल दिया। इस तरह से मस्त राम अब जहां वह आगे बोतलें बेचता स्वयं ही कवाड़ियों का काम ही करने की सोचने लगा था।

अपने गांव के लिए रेलवे स्टेशन पर खड़ा गाड़ी का इंतजार करते उसे अपना यहां मुम्बई में आने के किस्से की झलकियां याद आ रही थीं। लोकल गाड़ी की सीटियां उसकी याद में विघ्न डालते जा रही थी परन्तु अब सोचने लगा कि कोई सी भी गाड़ी अपने गांव के लिए मिल जाए उसे ही पकड़ लेगा। उसे क्या उसे तो सब गाड़ियां एक

समान सी लगती है फिर भी वह ए सी ही लेना चाहता था क्योंकि वह जानता था कि अगर वह पकड़ा गया तो सजा तो एक समान ही मिलेगी।

बॉडी गार्ड उसके साथ खडा था। एक बैंच पर बैठ कर उसने उसे गले लगाया प्यार किया, उसे चूमा, वह भी अपनी पूंछ हिलाता उससे चिपटता रहा। वह अपने साथी को अकेला नहीं भेजना चाहता था। और मस्तराम सोचने लगा था कि बॉडी गार्ड केवल उसे स्टेशन पर छोड़ने ही आया है। दोनों एक दूसरे से प्यार करते रहे।

ट्रेन आई, बाडी गार्ड को प्यार करते गाड़ी में चढ़ने लगा ही था कि उसने उसकी पैंट को अपने दान्तो से पकड़ लिया, वह शायद यह कहना चाहाता था कि अगर जाना ही है तो वह भी साथ जाएगा नहीं तो कोई भी नहीं जाएगा। उधर मस्त राम यह सोच रहा था कि उसे ले तो जाउं मगर वह गाड़ी में साथ होगा तो टी टी की पकड़ में वह जल्दी आ जाऐगा। उसके साथ छुपने के लिए वह संड़ास में भी नहीं जा सकता। तभी गाड़ी चल पड़ी। बॉडी गार्ड उसकी पैंट को नहीं छोड़ रहा था। मस्त राम ने अपनी पैन्ट को झटके से छुड़ाया तो बॉडी गार्ड पलेट फार्म पर जोर से क्या गिरा उसे चोट लग गई। गाड़ी तेज होने लगी थी। मस्त राम को बॉडी गार्ड को गिरा देख अंदर दर्द होने लगा और वह चलती गाड़ी से कूद गया वह भी प्लेटफॉर्म पर जोर से गिर गया। बॉडी गार्ड सब देख रहा था। उसे भी चोट लगी थी फिर भी वह मस्त राम की ओर जाता है जहां वह गिरा था। वह सब समझ रहा था कि यह सब उसके कारण ही हुआ मस्त राम उससे मिलने के लिए ही गाड़ी से कूद पड़ा था।

मस्त राम को चोट आई थी। बॉडी गार्ड उसके पास उसके चारों ओर कभी आगे कभी पीछे पूंछ हिलाता कूं कूं करता उससे लिपटने लगा था। लग रहा था मस्त राम की पीड़ा उसे ही हुई जा रही थी। नीचे पड़ा मस्त राम अपने हाथ से बॉडी गार्ड को सहलाते हुए प्यार करने लगा उसकी आंखे भर आईं थीं। सब लोग इस मिलन को ध्यान से देखते और अपने काम के लिए चलते बनते। गाड़ी सीटी बजाती हुई फर्राटे से जा रही थी। दरवाजे के पास खड़े कुछ लोग उन दोनों पर नजर जरूर डाल रहे थे। कुछ लोग यह समझने लगे थे कि मस्त राम को चोट लगने से आंखों में आंसु आ रहे हैं परन्तु उसका दर्द केवल बॉडी गार्ड ही समझ पा रहा था। घर में मां से मिलने का प्रस्ताव छोड़, वे दोनों अपने अड्डे पर लौट आए थे। मां की याद में उसकी आंखे भर आई थी।

देर सवेरे सूर्य देव की किरणे ही मस्त राम को उठाती थी। उसके बॉडी गार्ड ने उसे कभी भी उठाया नहीं जबकि वह सुबह ही उठ कर उसके बोतले के ढेर की देख भाल करने लगता। मस्त राम आज कुछ देरी से उठा अपनी दैनिक क्रिया शौच आदि

के लिए जाने के बाद जब लौटा तो उसके पास एक छोकरी एक भद्दे से बच्चे को जो सो रहा था एक हाथ से गोद में थाम कर दूसरा हाथ मागने के लिए उसकी ओर फैलाए खड़ी हो गई,

"बाबू रात को कुछ नहीं खाया , कुछ दे दे न ? "

मस्त राम ने छोकरी पर ऊपर से नीचे तक नजर डाली। उसे छोकरी अच्छी लगने लगी थी। उसके सर पर कोई दुपट्टा नहीं था। छोकरी के कमीज का गले का कट इतना बड़ा था कि मस्त राम की नजरें कमीज के अंदर छिप कर बैठे उरोजों पर पड़ती जा रही थी। तभी उसकी नजर गोदी में सोए बच्चे पर पड़ी। सोचने लगा कि आदमी को पेट की भूख के साथ बच्चे पैदा करने की भूख भी सताती रहती है। वह भी तो सड़क पर चलती लड़कियों को निहारा करता है। बीच पर रात को बोतलों को उठाते समय उसे एक दूसरे के गले बाहें डाले जोड़े देखने भी अच्छे लगते, उन्हें निहारते हुए उसके मन में भी कुछ कुछ होने लगता। और चोरी नजरों से उनकी हरकतों को देखता भी रहता था।

सामने खड़ी छोकरी को देखते ही कई विचार आने लगे थे। उस पर लट्टू होने के साथ दरयादिली दिखाते हुए, जी भर के देखते हुए जेब में जब हाथ डाला तो दस का नोट हाथ में आया। नोट के हाथ में आते ही लड़की ने नोट अपने आप ही उसके हाथ से पकड़ लिया और ," तेरा भगवान भला करे रे छोकरे........ " कह कर मुस्काते हुए वह चलती बनी। जाते हुए उसकी ओर एक नजर अवश्य डाल गई। उसके दिमाग में न जाने क्यों आने लगा कि इतनी छोटी उम्र में यह छोकरी अभी बच्चे की मां नहीं बन सकती।

उसका बॉडी गार्ड छोकरी को देख भौकने लगा। उसके भौंकने की परवाह न करते हुए उसे गोदी में ले प्यार करने लगा,

"दस की कोई बात नहीं। ...छोकरी तो अच्छी थी ? इस छोकरी के लिए तूने मुझे घर नहीं जाने दिया न ? तूं भी तो कोई अच्छी सी कुतिया दिखी नहीं तो उसके पीछे भाग जाता है ? ..."

छोकरी उसके जहन में घर करने लगी थी। साथ में गोदी में सोए बच्चे की ओर भी उसका ध्यान जाता तो वह अधिक चिंतनशील हो जाता।

आज वैलनटाइन डे होने से रात को उसके काम में बढ़ौतरी भी हुई थी। सैंकडों जोड़ों ने बोतलें खाली की थी। बॉडी गार्ड के साथ बोतलें इकट्ठी करते करते सुबह होने को आ रही थी। आज तो उसे नींद की खुमारी भी नहीं आई थी क्योंकि उसकी आंखों के सामने बड़े मनभावन दृश्य उसके मन में मोर नचा रहे थे।

अगली सुबह जब वह छोकरी उनके ठिकाने पर पहुंची तो बॉडी गार्ड उसके ऊपर हमेशा की भांन्ति सोया हुआ था, इस दृश्य को देखते ही वह हसंने लगी तो बॉडी गार्ड भौंकने लगा। मस्त राम की आंख उसके भौंकने पर खुली। सामने गठीली सांवले रंग की छोकरी देख जो गोदी में बच्चे को लिए खड़ी थी उसकी नींद नौ दो ग्यारह कर गई। बॉडी गार्ड को एक ओर करके वह भी छोकरी के सामने जब खड़ा हुआ तो उसकी नजर गोदी में सोए बच्चे पर पड़ी। बच्चा उसे कल वाला नहीं लगा रहा था। उसका माथा ठनका। छोकरी मुस्काते हुए बोलने लगी,

"साहिब, तुम से दिन शुरू करती हूं तो अच्छा होता है। ..."

"अच्छा होता है .... पहले एक बात बता तेरे कितने बच्चे हैं ?" मस्त राम ने उसे बीच में ही टोक दिया।

"........." वह चुप रही पर मुस्काती रही।

"अरे कल तेरे पास कोई और बच्चा था और आज कोई ..." मस्त राम अब के जरा तलखी से बोला था।

वह कुछ कहे बिना कुछ लिए बिना चली गई। मस्त राम पहले कुछ सोचता रहा और फिर उसके पीछे हो लिया। वह इतनी जल्दी जा रही थी कि मस्त राम की पकड़ में नहीं आ रही थी। उसका बॉडी गार्ड अपने कान खड़े किए पूंछ हिलाने लगा लेकिन वहीं पर खड़ा मस्त राम को जाते देखता रहा।

मस्त राम तेज कदमों से चलने लगा। उसकी नजरें छोकरी पर ही टिकी थी। वह वर्सोवा की बीच के दूसरी कोने पर पहुंच गया। वहां पर नीले रंग के पलास्टिक से कई छपरैल बने हुए थे जहां पर खेलते हुए कई छेटे बच्चे, औरतें आपस में कुछ बातें करते नजर आने लगे। तभी छोकरी की नजर मस्त राम पर पड़ी तो वह उसे देखती ही रही। मस्त राम अब उसके पास पहुंच गया था।

"तुम्हारा बच्चा ?"

"........ " वह अभी भी कुछ नहीं बोल रही थी।

"मैं पूछ रहा हूं तुम्हारा बच्चा ?"

वह कुछ नहीं बोल रही थी। उसके साथ खड़ी महिला ने उसकी ओर देख कर बोला, "जान कर क्या कर लेगा तू ? तू हमारी लाइफ में क्यों बोलता ?"

"मैं इस लिए बोलता कि रोज नया बच्चा जब यह छोकरी लाती तो मेरी समझ में कुछ तो आता। यह रोज नया बच्चा तो तैयार नहीं कर सकती न ?"

"बैठ यहां बैठ। समझाता है। यह जो पेट है न यह कुछ भी करा देता है। रोज बच्चा पैदा कर सकता है, रोज नया खसम बना सकता है। बता तूं क्या करेगा जान कर ?"

" देखो हम सब मिल कर कुछ कर सकते हैं। मैं भी तुम्हारी तरह का सड़क छाप जी एम हूं। परन्तु इस तरह से लोगों को मूर्ख नहीं बना सकता। मुझे पीड़ा होने लगी है। बच्चे के साथ तुम क्या करता है ? बता दो। हम मिल जुल कर कुछ करेंगे।"

इतनी देर में और भी महिलाऐं वहां आ गई। कुछ बच्चे जो पास ही रेत में खेल रहे थे वे भी आ गए। एक लम्बी लम्बी दाढ़ी वाला अधेड़ सा आदमी भी आ गया। वह वहां पर घटित सब समझने लगा। समझ कर वह बोला, "सुनों जजमान, मेहरबान, ध्यान से सुनों, हम जो यहां पर हैं सब कुछ करने की हिम्मत रखते हुए भी कुछ नहीं कर सकते। लोग करने नहीं देता। सब लफड़े को छोड़ एक सीधा सा मांगने का धंधा करता है। रोज मांगता है रात को पेट भर लेता है कल क्या होगा कल पर छोड़ देता है ..... मांगने के लिए लोगों को ठगने के लिए कई तरह के स्वांग करना पड़ता है। .... "

"सब तो ठीक है पर यह बताओ रोज बच्चे ..... "

"मैं सब समझ गया तूं क्या पूछना चाहता है सुन, यह जो बच्चा है यह असली बच्चा उसका नहीं होता यह किसी का होता है और जिसका बच्चा होता है उसके बदले उसे पैसा मिलता है। मतबल मां अपने बच्चे को किराए पर देता है। मां तो मां होता है न, बच्चा रोए नहीं उसे मां का दुख न हो तो उसे शराब पिलाया जाता है या अफीम दिया जाता है जिससे बच्चा केवल सोया ही रहे ...."

वह अधेड़ बोले जा रहा था मस्त राम सब समझ गया था। उसकी नजरें उस छोकरी से चार हुई तो वह बोला," मैं सब समझ गया। क्या हम इसके लिए सरकार से कुछ मदद मांगे ?"

"क्यों भाई सरकार को हमारे से क्या पड़ा है ? सरकार तो सरकार है सरकार प्रजा की सुन ले तो ... "

मस्त राम कुछ नहीं बोला वह कई तरह के प्रश्न सोचता हुआ लौट आया था। जाते ही उसने अपना सारा माल बेचा और एक किनारे पर इस बारे सोचने लगा था। 'सड़क का आदमी जब तक आवाज नहीं उठाएगा तब तक सरकार नहीं हिलेगी। सरकार को हिलाना पड़ता है जनता को साथ लेना पड़ता है। वह इनके लिए जरूर करेगा... और सड़क का आदमी जब अपनी पर आ जाता है तो वह जी एम बन जाता है।' सोचते सोचते उसका ध्यान छोकरी पर जा रहा था।

'कैसी विडम्बना है ? पेट के लिए तो बच्चे किराए पर देने पड़ रहे हैं ! जीवन में इससे बड़ा घिनौना चित्र और कुछ नहीं हो सकता ? एक समुदाए इतना निकंम्मा होते जा रहा है और सरकार का इस ओर कोई ध्यान नहीं। यह भी बहुत बड़ा स्कैंडल

है, माफिया है जिसमें कई जिंदगिंया नरक भोग कर जीवन यापन करने पर मजबूर हो रही हैं, बच्चा अपने बचपन को जान ही नहीं पा रहा है। अब वो नेते भी नहीं रहे हैं जो मानव कल्याण की सोच रखें। मुझे जी एम बनना ही पड़ेगा।'

अगले दिन मस्त राम एक बड़ा सा बैनर बना कर सड़क पर उन सभी मांगने वालों के साथ निकल पड़ा। ' हर हाथ को काम ' के नारे के साथ। आगे आगे बॉडी गार्ड पूंछ हिलाता हुआ मस्तराम के साथ छोकरी और पीछे सब भिख मंगे।

उनका आंन्दोलन जोर पकड़ने लगा। सारे मुम्बई के चौराहों के मांगने वाले एक जुट होने लगे। धरना, सड़क रोको अभियान, नारे नगाड़े और फिर किन्नर भी उनका साथ देने लगे। सबको लगने लगा था कि हम सब एक मान सम्मान का जीवन जिऐं। सबको जीने का हक है। सबको काम करने का हक है। भीख मांगने के विरूद्ध कानून बनाया गया परन्तु कानून बनाने से कुछ नहीं होता उसकी पूर्ति के लिए भी साथ योजना हो, इन बेकार लोगों के लिए कोई काम हो आदि आदि तरह तरह की बातें होने लगी ... कई संगठन एक अच्छा काम देख उनके साथ होने लगे ... एक से ग्यारह हुए जाने लगे।

मस्त राम लीडर बन गया। रात को बोतले इकट्ठी करता सुबह आंदोलन करता छोकरी उसके साथ होती।

चैनल वाले, अखबार वाले अपने ब्रेकिंग न्यूज़ में देने लगे, 'चाय वाला पी एम, झाडु वाला सी एम और सड़क वाला जी एम की लड़ाई पर।

उनका आंदोलन जब जोर पकड़ने लगा तो सरकार को लगा कि इन लोगों के साथ जनता की भी सहानुभूति होने लगी थी। बहुत सी संस्थाऐं इनका साथ देने लगीं, तो सरकार ने मस्त राम को बात के लिए बुला लिया।

सरकार अब समझने लगी थी कि जब जब भी वे आनन्द में कुंभकरनी नींद सोने लगते हैं तो उनकी यह मदहोश नींद नए नेता को जन्म देती है। आदि काल से यह होता आ रहा है परन्तु समय के चक्र में सब भूल जाते हैं और जब वे ऊँचाई से गिरते हैं तो उन्हें बहुत चोट लगती है यह बात नेताओं को बाद में मालूम चलती है।

चैनल की तर्ज पर ही बाहर सब भीखमंगे नारे लगाने लगे थे, ... 'चाय वाला पी एम, झाड़ु वाला सी एम तो सड़क वाला जी एम,'

'सड़क वाला जी एम'

'जिंदाबाद'

और अंदर मस्त राम छोकरी, अधेड़ आदमी के साथ सरकार के साथ योजना पर बात करने में लगे थे। नारों पर ध्यान देते हुए सरकार ने पूछ ही लिया, ''भाई जी एम

एक बात बताओ, चाय वाला पी एम और झाडु वाला सी एम तो हम समझ गए परन्तु सड़क वाला जी एम हम नहीं जान पाए ?''

''सड़क वाला जी एम ही बन सकता है। सर जब सड़क वाले का दुख पीड़ा असहनीय हो जाती है तो वह अपनी करनी पर आर पार की लड़ई के लिए जी एम बन जाता है ..... मतलब आप अपने आप निकाल लेना जी मतलब गां ... गॉड ... एम मतलव मंन्त्री या मार या ... फिर मैं विस्तार से कहूं कुछ आप पर छोड़ रहा हूं, गां .... मार या मन्त्री, या फिर गॉड मैंन ? यह आप पर बनता है जो आप अपने लिए फिट समझो वही ही अर्थ निकाल लेना ... समझे ... जै हिन्द।'' वह उठ कर बाहर आ गया था।

'समझे' शब्द उसने उतने ही जोर का कहा था जितनी जोर से उसने टी टी को ट्रेन में कहा था। इस शब्द को सुन कर सरकार के कर्मचारी अंन्दर आ पहुंचे थे कि क्या हो गया। ऐसा तो कभी नहीं हुआ था। वे देखने लगे, सरकार चुप .. चिंतन शील विचार मग्न .... सोचने करने के लिए आतुर ... सारे कमरे में सन्नाटा ....।

जी एम के बाहर निकलते ही सरकार के कानों में नारे सुनाई देने लगे ... 'जी एम जिंदा वाद'। और अंदर सरकार अपनी जी को बचाने की सोचने लगी थी।

3.पुरानी नायिका का मिलना

दिसम्बर की हल्की हल्की ठण्ड, और ठण्ड भी इतनी जिसमें पूरी बाजू वाला कुर्ता डालने से ठण्ड का प्रभाव रोका जा सकता, में छह बजे प्रातः भ्रमण को जाना मुझे अच्छा लगता तो था ही और वहां पर विभिन्न प्रकार के लोगों के दर्शन भी हो जाते वह अलग। यहां मुम्बई में लोगों का प्रातः घूमना छह बजे के बाद ही आरम्भ होता। गांव की वादियों की भान्ति नहीं जहां प्रभात प्रेमी चार या पांच बजे से या मुर्गे की बांग से उठ जाते। यहां तो मुर्गा भी मुम्बइया हो गया लगता उसकी बांग भी छह सात बजे के बाद सुनी जा सकती है। वह भी क्या करे 'जैसा देश वैसा भेष' का पाठ तो उसे याद करना पड़ेगा ही।

यारी रोड के मन्दिर मस्जिद के पास ही तीन बड़े बड़े पार्क एक पार्क में खिलाड़ियों के लिए स्थान, विभिन्न खेलों के खिलाड़ी , क्रिकेट, फुटबाल, हैंडबाल और एथलीट, योग, व्यायाम करने वाले पहुंचे हुए होते। इन सब में क्रिकेट की लगभग दस टीमें छोटे बच्चों से लेकर बड़ों बच्चों की होती जो मैदान के अलग अलग कोनों पर अपना जौहर आजमा रही होती दिखाई देतीं। कभी कभार फुटबॉल के प्रेमी भी अपना खेल खेलते दिखाई देते वह अलग। जब से टी वी का आना और उस पर लाईव क्रिकेट दिखाना, उस पर सट्टे बाजी आदि बातों से आज की पीढ़ी पर क्रिकेट का ऐसा खुमार चढ़ गया है कि दूसरी खेलों पर उनका ध्यान ही नहीं जाता। यह पैसे वालों का गोरख धंधा है जिसके जाल में सब नेते से लेकर स्वयं खिलाड़ी भी उलझे नजर आते हैं।

पार्कनुमा मैदान के चारों कोनों पर पैदल चलने वालों के लिए टाईलों से जड़ित रास्ता बना हुआ है जहां पर प्रातः भ्रमण करने वाले मिल जाते। इसमें नौज़मान कम मात्रा में नहीं होते लेकिन जो भी होते उनके कानों में मोबाइल का श्रवण यंत्र जुड़ा अवश्य होता। जिसे कान में लगाए होने पर उसकी स्वर लहरियां की प्रतिक्रिया में उनके चेहरे पर विभिन्न प्रकार की मुद्रा देखी जा सकती। कुछ को तो हाथों से, गर्दन से यहां तक

कि शरीर से इशारा करते देखा जा सकता है और उन्हें देखने वाले को उनकी हरकतों से मनोरंजन भी होता रहता।

मैं भी यहां के हालात देख आठ बजे से पहले सैर करने नहीं जाता। आठ बजे तक पार्क भरा सा मिलता। विभिन्न वेश-भूषा में लड़के लड़कियां, प्रौढ़ बजुर्ग सब अपने रंग में रंगे मिलते। मैंने भी इनके रंग में रंगने की कोशिश की थी परन्तु रंग ही नहीं सका क्योंकि रंग चढ़ने का नाम ही नहीं ले रहा था। भला अब पक्के रंग पर कौन सा रंग चढ़ पाऐगा? यहां की संस्कृति तो ऐसी बन गई है कि कोई किसी की परवाह ही नहीं करता, जो जिस को ठीक लगे उसे ही वह अपने पर धारण कर लेता। यह प्रवृति मुझे ठीक भी लगी इसमें बनावटी पन की गुंजाइश ही नहीं है। जो भाए सो खाए।

आज इतवार का दिन मैं अपनी दिनचर्या से प्रातः के भ्रमण को निकला। हमेशा की तरह पार्क में कदम रखते ही चारों ओर नजर दौड़ाई, नजर क्या दौड़ाई नजर अपने आप ही सब पर जाने लगती है। आज छुट्टी होने से लोगों की संख्या में बढ़ौतरी दिखाई दी। इसमें महिलाओं की संख्या दूसरे दिनों की अपेक्षा कुछ अधिक ही थी। उधर छोटे बच्चे फुटबॉल खेलते खेलते झगड़ने लगे,

"…. बोला न यह गोल नहीं …"

"गोल क्यों नहीं का …. बॉल पोस्ट से जाने का न ?"

"पोस्ट से जाने का नहीं, साथ ही से जाने का …"

तीसरा लड़का दौड़ कर आया," पोस्ट से जाने का मीनज़ गोल होने का …"

"हम नहीं मानता…" पहले लड़के ने कहा और वह बॉल लेकर एक ओर बैठ गया।

मुझे लगा कि मैं इन लड़को की बात को सुलझा दूं उनके पास जाने लगा तो दोनों टीमें एक जगह पर इकट्ठी हो कर झगड़ने का माहौल बना कर आपस में तर्क-वितर्क करने में लग गई थी।

"क्यों झगड़ा करता है ? मेरी बात मानोगे तो मैं कुछ बताऊँ ?" मैं अपने को रोक नहीं सका आगे बढ़ा।

"हां अंकल आपकी बात तो हम मानेंगे क्यों नहीं ? यह डॉन हमेशा ही फंड़ा करने का।"

बस डॉन बोलने की ही देरी थी वह लड़का जिसे डॉन बोला गया था भड़क उठा,

"तूं क्या बोला ? डॉन बोला , फिर एक बार फिर बोलने का … बोल …"

बस फिर क्या था फुटबाल मैच अब रैसलिंग में बदलने वाला ही था तो मैंने चिल्लाकर कहा, "चुप करो … शट अप आई एम ए टीचर …"

मेरे को न जाने कहां से अंदर से करंट आ गया था परन्तु मेरे चिल्लाने से सब चुप हो गए और मेरी ओर देखने लगे। सफेद बालों वाले अधेड़ आदमी को देखकर लड़के जो अभी लड़ने के इरादे से आए थे चुप हो गए और मेरी ओर देखने लगे। एक लड़के ने बॉल को मेरे पास दे दिया। मैं लड़कों की इस प्रतिक्रिया से अंदर ही अंदर खुश होने लगा।

" देखो यहां से बॉल को हिट करो, सब अपनी अपनी जगह चले जाओ गो टू यूवर पलेसिज़।"

सब अपनी अपनी जगह जाने लगे तो मैंने पहले सब को एक जगह पर इकट्ठा किया,

" देखो खेल एक दूसरे को जोड़ने मित्रता बढ़ाने के लिए ही होता है न कि झगड़ने के लिए। खेल के अपने नियम होते हैं और सब खिलाडियों को उनका पालन करना पड़ता है। आप सब अच्छे लड़के हैं। सब अपना काम ठीक करो। ओ के ?"

"ओ के सर । सर आप नए टीचर आए हैं न ? हमें हैड सर ने कहा था कि आपका डी पी सर आपको ग्राउंड में ही मिलेगा ... "

बस फिर क्या मेरी सब समझ में आ गया कि इनके खेल के नए टीचर आने वाले होंगे और मेरे को नए टीचर समझ कर वे शांत हो गए। इससे पहले मैं कुछ बोलता दो लोग जो लगता कि हैडमास्टर के साथ उनका नया डी पी टीचर हो आ पहुंचे और मैं वहां से कुछ कहे बिना ही चला आया। मैं अंदर ही अंदर मुस्करा रहा था और लड़के कभी मेरे को देखने लगे कभी अपने हैडमास्टर और नए डी पी मास्टर को, मैं वहां से मुस्काता हुआ चलता बना।

"क्या देखता बाबू तूं ?" एक सुरीली सी मधुर आवाज ने मुझे अपनी ओर आकर्षित किया।

मैने देखा काले बुर्के में एक महिला खड़ी मुझे सम्बोधन कर रही थी। बुर्के में लिपटी होने से उसे अच्छी तरह से देखा नहीं जा सकता था परन्तु केवल मात्र उसकी बड़ी बड़ी आंखें जो मुझे भेद रही थी उसी से उसकी सुन्दरता का एहसास हो रहा था।

"नमस्ते जी, मैं इन बच्चों का खेल देख रहा था ..."

"... और मैं तुम्हें देख रही ..." इससे पहले मैं कुछ और कहता वह बीच ही में बोल गई।

मैं उसके चेहरे पर देखने लगा तो मुझे केवल उसकी आंखों में एक सम्मोहक आकर्षण लगा। मुझे क्या कहना है ? क्या करना है इस क्या का कोई ध्यान न रहा और मैं उसकी आंखों में आंखें डाले उसकी ओर लगातार देखते हुए मुस्काता रहा। आंखों

के चार होते ही मेरी बुद्धि उसकी आयु का ज्ञान यही बीस पच्चीस के पास होने का अनुमान लगा चुकी थी।

"मोहतरमा ... " मैंने उसके लिबास के अंन्दाज़ में उर्दु सभ्यता में उसे संम्बोधन करना चहा। " ..... मैंने आपको नहीं देखा माफी चाहता हूं ..... "

" आओ थोड़ी देर इस बैंच पर बैठ लेते हैं ?"

उसने मेरी ओर एक प्रश्न भरी नजर से देखा। मैं उसका अर्थ समझ रहा था और वहीं पर बैठ गया। मुझे लगा कि मेरे बैठने के पीछे महिला का सम्मोहन काम कर रहा था। मेरी सोचने की शक्ति ही नहीं रही थी। वह जैसे बोल रही थी मैं उसी तरह से कर रहा था। मेरे से बहुत छोटी आयु होने पर भी मुझे आदेश देने वाली भाषा का प्रयोग कर रही थी जो मुझे अजीब लगने पर भी अच्छा लग रहा था।

"मैं तुम्हें रोज यहां पर देखती हूं तुम रोज इस समय घूमने आते हो ?"

"मैंने तो आपको नहीं देखा। मेरी आप से आज पहली मुलाकात है। आप भी क्या घूमने आते हो ? ...... "

"मेरा नाम रूकसाना है। यहीं पास में रहती हूं। मैं अपने साथ आपको घर ले चलूंगी।" मेरे प्रश्न का उत्तर देती वह अपने ही अंन्दाज में बोलने लगी थी जैसे उसने मेरी बात सुनी ही न हो।

"हमें मिले हुए युग हो जाते हैं। तुम भाग जाते हो या मैं, कुछ नहीं मालूम होता? कुछ अर्से बाद मेल हो जाता है जैसे आचानक किसी मोड़ पर हम मिल जाते हैं। ...या किसी ग़ज़ल की किताब में अचानक सूखा फूल मिल जाता है या ..."

वह बोले जा रही थी मैं मन्त्रमुग्ध उसे सुन रहा होता हूं। जैसे वह कोई ग़ज़ल गुनगुना रही हो। एक टक उस ओर देखता हूं, मेरे से उसके किसी भी प्रश्न का उत्तर नहीं दिया जाता। उसकी बड़ी बड़ी आंखों में डूब गया होता हूं। उससे बाहर निकलना चाहने पर भी नहीं निकल पाता। वह क्या कह रही होती है मेरा ध्यान उसकी हर कला पर होता। और जब वह यह कहती कि, "अच्छा मैं चली कल फिर मिलेंगे। मैं तुम्हें घर ले चलूंगी।"

तब देखता हूं कि वह मेरे किसी भी उत्तर का इंतजार किए बिना ही चली जा रही है मैं बैंच पर बैठ जाता हूं, उसे जाते देख रहा हूं काले बुर्के में उसके कदमों की आहट सुनता रहता हूं। उसने पीछे मुड़ कर नहीं देखा, मैं लगातार देखता, वह गायब हो जाती है।

मुझे आज मालूम होने लगा कि महिला में सम्मोहन की शक्ति पुरूषों से अधिक है। मैं लगातार उसे देखता वह पल भर के लिए भी पीछे मुड़के नहीं देखती। हो सकता है इसी स्त्री सम्मोहन के कारण से आजकल के लड़के अपने मां-बाप को पीछे भूलते

जा रहे हैं। यह स्त्री सम्मोहन मुझे इस औरत के बारे सोचने पर मजबूर करने लगा था।

मैं घर लौट आता हूं। दिमाग में हलचल कम होने का नाम नहीं ले रही थी। एक जिज्ञासा बढ़ने लगी थी। अगले दिन का इंतजार करने लगा और इंतजार इतना लम्बा लगने लगा कि कल कब आएगी सोच के घबराने लगा था।

सुबह आई मैं प्रतिदिन की भांति पहले ही चला गया। पार्क के चक्कर काटने लगा। सब बैंचों पर नजर डालने लगा। वह काला बुर्का कहीं भी नजर नहीं आया। पार्क के राऊंड तो लगा ही रहा था परन्तु मेरी नजर विशेष कर उस बैंच पर थी जहां मुझे रूकसाना मिली थी। पार्क का एक राऊंड लगभग एक किलोमीटर का बनता है जो मैं दस मिनट में पूरा करता था परन्तु आज तो मैं आठ मिनट में ही पूरा करने लगा क्योंकि मुझे रूकसाना वाले बैंच के पास पहुंचना था। इस तरह से तेज चलने पर सांस तो नहीं चढ़ रही थी परन्तु पसीना पड़ने लगा था। मैं क्या कर रहा हूं लोगों को कोई मतलब नहीं। यहां तो युवा प्रेमी आपस में गुथमगुथी करते हुए भी चलते हैं परन्तु किसी को किसी से कोई मतलब नहीं होता।

इस घटना को हुए बहुत दिन होने लगे थे और मैं भूलने भी लगा था कि कुछ दिनों के बाद दूर से मेरी नजर उसी बैंच पर बुर्के में बैठी महिला पर पड़ी। मैं तेज कदमों से बैंच की ओर लपका। नजर बैंच पर उसी तरह से बांधे हुए जैसे क्रिकेट के बॉल को कोई खिलाड़ी कैच करने पर बाल को देखता है और बॉल हाथ से छूट जाता है, मेरे साथ भी इसी तरह से हुआ बैंच के पास पहुंचते ही रूकसाना गायब। मैं चारों ओर नजर दौड़ाता हूं। मुझे लगा कि कैच न करने पर उस खिलाड़ी को उसके साथी अफसोस भरी नजर से देखते हैं लोग मुझे भी देखने लगे थे। मैं समझ रहा था कि यह मेरा भ्रम ही था। मेरा भ्रम भी कैसे हो सकता है ? अरे क्या यह भी सम्मोहन की एक कड़ी थी ? मैं उसी बैंच पर उस चूहे की तरह बैठ जाता हूं जो अभी अभी ही बिल्ली के पंजों से अपने को छुड़ा के भागा हो।

थोड़ी देर सांस लेने के बाद सोचने लगा कि मेरी आयु अब महिला की ओर देखने की नहीं तो फिर यह क्या ? ख्याल आया कि पिछली शताब्दी के सातवें दशक में लिखी एक कहानी 'युगों पुराना संगीत' की नायिका जो अपने प्रेमी को कोट दिखा कर शिमला में जाखू के देवदार पेड़ों के झुरमुट में गायब हो जाती थी, आज चालीस साल बाद तो न प्रकट हो गई हो ? परन्तु इस वैज्ञानिक युग में आज कौन विश्वास करेगा? मैं स्वयं भी तो संदेह करने लग गया था।

अब मेरा काम हो गया था प्रतिदिन आना और रूकसाना को देखना। इसी बहाने मेरी सुबह की सैर में कोई व्यवधान नहीं पड़ा था। जब बहुत दिन मुझे कोई बुर्के वाली

महिला नहीं दिखाई दी तो मैं फिर से भूलने लग गया था कि कोई रूकसाना से मेरी मुलाकात हुई थी। इसी बीच मुझे दिल्ली जाना पड़ा।

दस दिन बाद मैं लौट कर आया और सुबह ही अपनी रूटीन में प्रातः का भ्रमण करने चला आया। मैंने पार्क के गेट से प्रवेश किया ही था कि मेरे आखों ने उसी बैंच पर बुर्के वाली महिला को बैठे देखा। बैंच मेरे से दूर था। मैं एक टक उसे देखने लगा। मेरे कानों में उसके बोल गूंजने लगे,

''तुम इतने दिन कहां चले गए थे ?''

मैं आस पास देखने लगा कि कोई और तो नहीं बोल रहा है। उसका बैंच मेरे से दूर था। उसकी आवाज मेरे पास नहीं पहुंच सकती थी। यह बातें तो पास खड़े ही हो सकती थी या मोबाइल पर। मुझे स्वयं बड़ा आश्चर्य होने लगा परन्तु मैं बैंच की ओर खिंचा जा रहा था।

''चल मेरे पीछे।''

अरे यह क्या है ? मैं उसके पास जब पहुंचने वाला था तो वह बैंच छोड़ चुकी थी और पार्क के दूसरे रास्ते से बाहर निकल गई। सब कुछ जानते हुए भी मैं अपने होश हवास में उसके पीछे पीछे उसके आदेश से चल रहा था। दूर होने पर मुझे एक महिला की आवाज जो मेरे से इतने दिन गैर हाजिर होने के कई प्रश्न कर रही थी मैं कोई उत्तर नहीं दे रहा था। किसे देता मेरे कानों में तो केवल आवाज़ ही थी और काला बुर्का मेरे से बहुत आगे।

''चल मेरे पीछे आता रह मैं आज अपने घर ...।''

मैं पीछे तो चल ही रहा था वह मेरे आगे। दोनों का दौ सौ गज से भी ज्यादा का फासला होते हुए भी उसकी आदेश भरी बातें साफ सुनाई दे रही थी। मैं लगातार आश्चर्य में भी था और उसके पीछे चल भी रहा था।

पीछा करते करते एक जगह पर मैं रूक गया। वह भी रूक गई। उसने पलट कर मेरी ओर नहीं देखा खड़ी रही। मैंने भी मौका देखकर जल्दी से उसकी ओर कदम बढ़ाए तो वह भी चलने लगी। जितना तेज मैं चलता उतनी ही तेज वह चलती। मैं यह देखने लगा था कि वह बुर्का मेरी चाल से चल रहा था या मैं उसकी। उसकी चाल मेरी चाल से मेल खा रही थी। आश्चर्य ! मैं अपने होश हवाश में था। एक जिज्ञासा मन में हो रही थी यह सोच कर कि देखी जाएगी जहां ले चलेगी वहीं ले चल, चलता गया।

अब मैं वर्सोवा के कब्रिस्तान के पास पहुंच गया था। बुर्के वाली को मैंने कब्रिस्तान के गेट से अंदर जाते हुए देखा। कब्रिस्तान के गेट के पास खड़े वॉचमैंन ने उसे नहीं रोका। थोड़ी ही देर में जब मैं गेट के पास पहुंचा तो वॉचमैंन ने मुझे भी नहीं रोका।

जब कि मैं उसे बताने वाला था कि मैं इस महिला के पीछे पीछे ही आ रहा हूं। मैंने गेट के अंदर चारों ओर एक नजर दौड़ाई तो दूर मुझे उसकी एक झलक दिखाई दी। मैं उसी ओर चला गया परन्तु वह गायब, वह कहीं नहीं दिखाई दे रही थी।

इधर उधर देखता रहा तो कहीं भी रूकसाना नहीं दिखाई दी। मैं कभी एक जगह जाऊँ कभी दूसरी जगह। अब मुझे डर लगने लगा कि मैं पागल हो गया हूं या मुझे किसी आत्मा की शक्ति ने अपने वश में करने के लिए जादू कर दिया है। मैं भयभीत सा बाहर लौटने लगा तो एक कबर पर काला बुर्का पड़ा मिला। मैं उस कब्र के पास जल्दी से जाता हूं। वहां केवल बुर्का ही था यह उसी का बुर्का था। मैं चारों ओर नजर दौड़ाता हूं। वह कहीं भी नहीं दिखी। मन में था कि वह यहीं होगी। अभी ही तो उसने अपना बुर्का खोल कर इस कब्र पर रखा।

मैंने बुर्का उठाया। अरे कब्र पर कुछ लिखा था। परन्तु यह उर्दू में था। मैं इधर उधर देखने लगा कि कोई यहां हो और इस कब्र पर लिखा उर्दू पढ़ सके। मैंने देखा कि वॉचमैंन जो मेरे पीछे पीछे चला आ रहा था सामने खड़ा मेरी ओर देख रहा था। मेरी उससे जब नजरे मिली तो मैंने उससे पूछ लिया,

"भाई साहब यह किस का नाम लिखा है ... ?"

"रूकसाना रसूल मोहम्मद ..."

वॉचमैंन ने मेरी ओर नजर डाली मैं उसे देख रहा था। वह पढ़ कर मेरी ओर ही देख रहा था मैं चुप-चाप खड़े उसे।

"आप किसी औरत के पीछे पीछे आए क्या ?"

मैं आश्चर्य में पड़ा उसे हां में सर हिला कर उत्तर दिया वह आगे बोला,

"इस तरह से इसी कब्र के पास कई बार ऐसा होता आ रहा है। मैंने आपको देख लिया था। मैंने इसलिए आप से कुछ नहीं पूछा आपके पीछे आ गया।"

वह चुप हो गया था। मैं पहले ही चुप खड़ा उसे देख रहा था। वह चाह रहा था कि मैं कुछ बोलुं प्रश्न भरी नजर से मुझे देखने लगा।

"पहले भी ..." मेरी बात पूरी होने से पहले ही वह बोलने लगा।

"पहले भी कई बार मुझे भी जिज्ञासा होती है जानने की। इसलिए मैं चुप चाप आपके पीछे हो लिया। यह इसी कब्र के पास होता है और इसी पर ही बुर्का पड़ा मिलता है।" बुर्के को मेरे हाथ में देख कर वह बोलते जा रहा था।

"... यह रूकसाना की कब्र है कहते हैं रूकसाना किसी दूसरे धर्म वाले लड़के से प्यार करती थी और धर्म के ठेकेदारों ने उसे गांव के सब लोगों से पत्थरों से मरवा मरवा कर मार ही दिया और इसके प्रेमी लड़के को जब यह पता चला तो उसने भी

इसी कब्र पर अपनी जान दे दी थी। कुछ रहम दिल वाले इनसानों ने इसके पास ही एक सांकेतिक कब्र बना दी क्योंकि प्रेमी लड़के को उसके रिश्तेदार यहां से ले गए थे। ...''

वॉचमैंन बोलता गया परन्तु अब मेरा ध्यान उस पर नहीं था कि वह क्या बोल रहा है। मैं बुर्का उठा कर बाहर की ओर चलते हुए रूकसाना और उसके प्रेमी लड़के के बारे ही सोचने लगा। 'ये धर्म के ठेकेदार सब युग में होते आए हैं। प्रेम के अर्थ को जाति में बदलने लगे हैं। पहले प्रेम था अब यह लव जिहाद बन गया है। कोई रूह तो आए इन्हें पाठ पढ़ाए, यह जल्लाद सच्चे प्रेमी को सजा देते रहेंगे .... हर युग में बेरहम क्लॉडियस पैदा होता रहेगा और वैलेण्टाइन को डण्डों और पत्थरों से मरवाता रहेगा ... और प्रेमी दण्ड भोगते रहेंगे ...।'

प्यार की प्यासी रूकसाना की रूह प्यार ढूंढती हुई अब तक तड़फ रही है। मैं जब भी यहां आता हूं तो इस प्रेम की नायिका रूकसाना की कब्र पर जाता रहता हूं एक एक गुलाब का फूल दोनों की कब्र पर चढ़ा आता हूं। वॉचमैन मुझे देख पहचान जाता है वह मुझे जाने से नहीं रोकता यह कह कर, ''साहिब आपके बाद इस तरह से कोई घटना अभी तक नहीं हुई। लगता है रूकसाना की आत्मा को शांति मिल गई होगी। मैं मुस्कुरा कर लौट आता हूं।

4.निकली चूहिया

घर से निकलते ही राधे लाल की नजर एक दीवार पर चिपके रंगदार पोस्टर पर पड़ी। सोचने लगा, 'कल तो यह पोस्टर नहीं था ? किसी ने रात को ही चिपका दिया होगा।' दो ऊंगलियों से चश्में को नाक पर दवा कर जिससे ठीक सा फोक्स बन जाए राधे लाल पोस्टर के समीप जाकर पढ़ने लगा।

"कैट इज़ मिसिंग ..."

"अरे खोदा पहाड़ निकला चूहा ..." का मुहावरा उसके मुंह से अनायास ही निकल पड़ा। अक्सर मुहाबरों में यही मुहावरा उसकी जुबान पर हमेशा ही रहता। वह आए दिन इसका प्रयोग घर वालों के साथ या बाहर अपने मित्रों के साथ करता रहता। तभी तो उसके मित्रों ने उसका नामकरण भी 'पहाड़ी चूहा' ही रख दिया था।

"जो मेरी बिल्ली को ढूंढ लाएगा उसे शुक्राने के साथ इनाम भी दिया जाएगा। बिल्ली की आंखें भूरी आकर्षक हैं। उसके गले में एक मोतियों की माला है और नए आदमी को देख वह म्याउं म्याउं कह कर अपना परिचय देती है ...।' आदि आदि वर्णन बिल्ली के बारे पोस्टर पर दे रखा था। पढ़ कर राधे लाल हंसने भी लगा और निकल पड़ा अपने सैर पर।

अक्सर यहां मुम्बई में लोगों में एक संस्कृति पनप गई है। किसी का कुछ गुम हो जाए या कुछ और हो जाए तो झट से पोस्टर छाप कर मदद की गुहार लगा देते हैं। यहां के लोगों में दूसरों की मदद करने की कला भी है और जिस से कुछ बन भी जाए तो कर भी देते हैं। इसलिए आए दिन इस तरह के पोस्टर कभी कभार पेड़ों पर दिवारों पर चिपके दिखाई पड़ते रहते हैं।

पोस्टर पर बिल्ली के साइड और फ्रंट पोज़ में कलर फोटो थे। पोस्टर में बिल्ली का गुम होने से पूर्व फोटो सैशन कराया गया होगा या आजकल कैमरे की आवश्यकता तो होती नहीं, अपने मोबाइल से ही फोटो हो जाते है। जाहिर है बिल्ली भी अपने स्वामी

के मोबाइल के इसी रंग में रंग गई होगी। कान खड़े जैसे उसे किसी शिकार की भनक लग गई हो। मूंछे छितरी हुई। अगले दोनों पंजों के सहारे वह कैमरे की ओर बैठी थी। लगता है इसका स्वामी इसे प्यार करता होगा और तरह तरह के फोटो लेता रहता होगा, तभी इसे ढूंढने में रात दिन एक कर रहा है।

पोस्टर पढ़ कर राधे लाल को विचार आने लगा कि कहीं बिल्ली अपने बिल्ला मित्र को ढूढंने तो नहीं चली गई होगी या कोई बिल्ला मित्र ही उसे भगा कर ले गया होगा। यहां मुम्बई में सब सम्भव हो सकता है जहां लड़कियां कुछ दिन अपने बॉय फ्रेंड के यहां रह सकती हैं फिर फ्रेंड ही एक दूसरे को बदल लेते हैं तो बिल्ली क्यों नहीं कर सकती ? सोचते हुए कई प्रकार के विचार राधे लाल के दिमाग में आने लगे थे।

तभी अगले मोड़ पर पोस्टर लगाते एक लड़का लड़की ही दिख गए। वे इसी पोस्टर को लगा रहे थे। लड़की एक ओर खड़े लड़के को पोस्टर लगाते देख रही थी। जाहिर था कि यह लड़का लड़की का बॉय फ्रैंड ही होगा, वह पोस्टर को चिपकाते हुए उसे सांत्वंना भी दे रहा था,

''डोंट वरी डार्लिंग, कैट मिल जाएगी।''

''डोंट कॉल हर कैट, शी इज़ माई लवली रोज़ी, शी इज़ लाईक ए रोज़ ...'' और भी क्या कुछ बोलते जा रही थी और लड़का ' या .. या ' कह रहा था। तभी लड़की ने रूमाल से अपनी आंखें पोंछी।

''डार्लिंग डांट बिहेव लाइक दिस। ....''

इतनी देर में राधे लाल भी उनके पास पहुंच गया तो वे चुप हो गए।

''आपकी बिल्ली गुम हो गई है ?''

''हां हां .... अंकल शी इज़ रोज़ी ...''

उन्हें लगा कि राधे लाल ने उनकी बिल्ली देखी होगी। राधे लाल अपनी किस्म का प्राणी है, उसे मज़ाक करने की आदत है। उसे उनके साथ कुछ मजा लेने की सूझने लगी, आदमी का खोना इनके लिए इतना महत्वपूर्ण नहीं लगता जितना बिल्ली का खोना। उसे लगा कि लड़की घड़याली आंसु बहाने लगी है। उससे रहा नहीं गया और तरकश में जो व्यंग्य और मज़ाक के तीर उसने रखे होते हैं उसमें से एक छोड़ा,

''आपकी बिल्ली का कोई फ्रैंड आस पास तो नहीं रहता ?''

''बिल्ली तो हमारे पास से कहीं जाती ही नहीं थी तो उसका फ्रैंड कैसे हो सकता है ?''

''बस यही तो आपकी गलती हो गई। भाई पैट्स पालने से पहले उनके बारे में जानना जरूरी होता है। नेचर ने जानवरों की मेटिंग के लिए निश्चित मौसम तय कर

रखे हैं आदमियों की तरह नहीं कि लगे रहो जब जी में आए। आप चिंता मत करो वह अपने मित्र बिल्ले से मिलने गई है आजकल इनका मेटिंग सीजन चल रहा है। आप लोगों को उसका ख्याल रखना चाहिए था न ?''

दोनों उसके मुंह की ओर देखने लगे। उन्हें लगा कि वह जानवरों का कोई विषेशज्ञ होगा। वे उसके चेहरे को पढ़ने की कोशिश करने लगे। राधे लाल को लगा कि उसकी अब बात जम गई अपनी विषेशज्ञता के तरकस में रखे तीरों से एक और छोड़ा,

''आप मुझे पहले बताओ कि आप उसे क्या खाने को देते थे ?''

''अंकल जो हम खाते वही देते और उसे तो हम एक्सट्रा दूध भी देते थे। फिर भी ...''

''नो नो ... आपके घर में चूहे हैं ?''

''कैसी बात करते हैं हमारे घर में चूहे कैसे हो सकते हैं ... और शी इज़ वैजिटेरियन ?''

''यही गलती कर गए भाई, बिल्ली वैजिटेरियन नहीं हो सकती, खैर और भाई चूहे कहीं भी हो सकते हैं, उन्हें कोई वीज़ाा लेने की आवश्यकता नहीं होती। मैं तो यही पूछना चाहता था। बस बस यही तो कमी रही है। देखो प्रकृति ने जिसकी जैसी नेचर बनाई है वह वैसा ही करेगा। समझो वह आ जाएगी ...''

''कब आएगी ?'' अब लड़की ने आगे आकर पूछा।

''जब तक सौ चूहे पेट में नहीं जाते ...''

''क्या बात करते हो अंकल ...'' अबके लड़का बोला ... परन्तु वह मुस्कराने भी लगा था।

''हां ठीक कहता हूं और सुनो जब उसके सौ चूहे हो जाऐंगे ... वह गंगा में नहाएगी फिर आपके पास आऐगी ...'' कहते हुए अपनी मुस्कुराहट को छुपाते हुए भी वह रोक नहीं सका था।

इस पर लड़का हंसने लगा परन्तु लड़की कुछ नाराज दिखने लगी तो लड़का भी चुप हो गया और लड़की बोली, ''लैट्स गो ...''

वे चले गए लेकिन राधे लाल को हंसी भी आ रही थी। वह उन्हें जाता देखता रहा। वे मुड़ मुड़ कर उसे देख रहे थे। कुछ नाराज से लगने लगे थे। वह अकेला रह गया। सोचने लगा कि उसे इनसे मजाक नहीं करना चाहिए था। लड़की लड़के से अधिक बिल्ली से प्यार करती है उसे उनका दिल नहीं दुखाना चाहिए था। जब वे मोड़ पर से ओझल हो गए तो उसने पोस्टर निकाल दिया। पोस्टर इसलिए निकाला था कि उसे इनके घर का पता चाहिए था और घर जाकर इनसे अपने किए पर क्षमा मांगना चाहता

था। और सोचने लगा कि क्यों उसने व्यंग्य का तरकश हमेशा साथ रखा होता है। उसकी यह आदत अच्छी नहीं। जिन तीरों से उसने उन्हें घायल किया है उस पर तो मरहम लगाना ही चाहिए।

पोस्टर उसके हाथ में था। वह अभी दो चार कदम ही चला होगा कि मोड़ पर बहुत से लोग एक आदमी को घेरे बैठे थे। उन्हें इस तरह से देख उसने पूछ ही लिया कि क्या माजरा है ?

''इस आदमी को चक्कर आया है सो उसके घर वालों को सूचित करने के लिए फौन करने लगे हैं।''

आदमी पर एक नजर राधे ने मारी। आदमी पसीने पसीने हुआ था लेकिन ठीक था।

''भाई इसे पूछो कि यह डॉयबटिक तो नहीं है ?''

''नहीं सर इसे मिरगी का दौरा पड़ गया था। इसके घर वाले आ रहे हैं।''

राधे लाल ने जब यह सुना तो हाथ में पकड़े पोस्टर पर उसका ध्यान गया।

'हमारे पूर्वज बिल्ली को रसोई से दूर ही रखते थे। वे जानते थे कि बिल्ली के बाल यदि खाने के साथ अंदर पेट में चले गए तो मिर्गी होने का खतरा रहता था। परन्तु आधुनिक पीढी पाश्चात्य रंग में कुछ ज्यादा ही डूबने लगी है। बिल्ली का पालना, हम तो बिल्ली अगर रास्ता भी काट जाए तो उसका बुरा मानते हैं।' सोचते हुए राधे लाल आगे चलने लगा। उसका सोचना अभी भी जारी ही रहा।

'आदमी मनुष्य से अधिक जानवरों को क्यों एहमियत देते हैं ? बिल्ली की जगह वह किसी इनसान के बच्चे को भी तो पाल सकती थी। परन्तु क्यों इनसान के बच्चे को पालती ? जानवर तो पालने पर बंधुआ बनाने पर उसे मज़ा आता है। आदमी का स्वभाव रहा है कि लोग उसके इशारों पर चलें। पालतु जानवर अपने स्वामी की हर आज्ञा का पालन करता है। इसलिए स्वामी उसे अधिक प्यार करता है। मनुष्य का बच्चा तो बड़ा होकर जरूरी नहीं है कि वह अपने स्वामी का भक्त बने ? मनुष्य तो बंधुआ नहीं रहना चाहता। उसकी अपनी सोच होती है। बड़े होने पर वह कैसा व्यवहार करेगा क्या मालूम ? आज कल तो बच्चे अपने मां बाप को भूल जाते हैं, दूसरे क्या करे न मालूम ?

हां एक बात जरूर है कि आजकल जो अस्थाई तौर पर लिविंग रिलेशन का दौर चला है इसमें कोई बच्चे पैदा करने के बंधन में नहीं पड़ने वाला इसलिए बिल्ली का बच्चा पालो और अपनी इन्सटिंक्ट को राहत दो। बस फिर तोते के तोते। इस रिलेशन में इमोशन ही कहां है, प्रेम ही कहां है जो एक दूसरे को बांध के रखता है ? एक

रोबट की तरह सब कुछ होगा परन्तु इमोशन नहीं होगा। यह एक बैज्ञानिक रिलेशन है,एक अमानुषिक रिश्ता। यह रीति आज की पीढ़ी की देन बनने लगी है, जो शायद मनुष्य के सभ्य होने से पूर्व में रही होगी।'

राधे लाल का ध्यान तब बटा जब उसका रास्ता एक खूबसूरत बिल्ली ने काटा। 'अरे यह बिल्ली तो बिलकुल इस पोस्टर की बिल्ली की तरह लगती है। वह झट से इस बिल्ली की शक्ल पोस्टर की बिल्ली से मिलाने लग गया। गले में वही मोतियों की माला। उतनी देर में बिल्ली अपनी पूंछ को ऊपर उठाते हुए दूसरे किनारे पर खड़े राधे लाल को देखने लग गई। राधे लाल एक नजर सामने बिल्ली पर एक नजर पोस्टर पर,

'अरे यह तो यही बिल्ली है।' उसके मुंह से अनायास ही निकल गया और वह उन पोस्टर लगाने वाले जोड़े की ओर तेजी से भागा, ''अरे मिल गई, ... मिल गई।''

सड़क पर चलने वाले लोग राधे लाल की ओर देखने लगे थे। राधे लाल आर्कमडीज़ की तरह चिला रहा था जैसे कोई खोज का राज़ मिल गया हो। वह उन दोनों को तो नहीं पकड़ सका पीछे ही बिल्ली की ओर आया तो बिल्ली राधे लाल को देख भाग गई।

अब राधे लाल की सांस फूलने लगी थी। वह एक किनारे खड़ा होकर बैठने के लिए जगह देखने लगा। अभी उसे बैठने का ठिकाना मिला ही नहीं था कि सामने एक और पोस्टर लगाता हुआ दिखाई दिया। यह पोस्टर भी पहले जैसा ही था। उसने जल्दी से पोस्टर निकाला और पहले पोस्टर से मिलाने लगा पोस्टर बराबर ही लग रहा था परन्तु उसमें बिल्ली के स्थान पर पप्पी था। पोस्टर वाला भी राधे लाल को देखने लगा, तो रूआंसे स्वर में बोल उठा,

''अंकल मेरा पप्पी एक दिन से मिसिंग है। मिले तो बताना। हम तुमको इनाम देगा।'' राधे लाल के हाथ में एक पोस्टर देखते हुए आगे बोला,'' आप पैट्स को ढूंढते हैं न ? मेरा पप्पी हाउ स्वीट, मैं आपको मुंह मांगा इनाम दूंगा प्लीज़ ...... ।''

राधे लाल सोचने लगा कि उसकी शक्ल क्या जानवरों को पकड़ने वालों की तरह लगती है ?

तभी सामने वह बिल्ली फिर दिखाई दी। राधे लाल का ध्यान हटा और उसे लगा कि जल्दी से पोस्टर में छपे पते पर जा कर बिल्ली के बारे में उन्हें बताउं। और वह पप्पी वाले लड़के की कुछ न सुन कर फिर तेज कदमों से चल पड़ा। लड़का पीछे से 'अंकल अंकल' चिल्लाता रहा।

अभी वह कुछ ही दूर गया था कि वे दोनों उसे पोस्टर लगाते हुए दिखाई दिए।

''अरे अरे आपकी बिल्ली ...''

"किधर है ... ?"

"फालो मी ..." और राधे लाल आगे आगे वे दोनों पीछे पीछे ... लोग उन्हें देखने क्या लगे कुछ तो उनके पीछे ही हो लिए यह जान कर क्या हुआ है ? क्यों भाग रहे हैं ? आगे चल कर पप्पी का पोस्टर लगाने वाला लड़का भी भागा।

मोड़ पर ही वह रूक गया।

"मैंने यहीं आपकी बिल्ली देखी थी।"

"डोंट से बिल्ली शी इज़ माई लवली रोज़ी...... व्हेयर इज़ शी ?" लड़की बोली।

राधे लाल चुप खड़ा इधर उधर देखने लगा। इतने में पीछे से भागते लोग आ पहुंचे। एक दूसरे को देख लोगों का जमघट लग गया।

"क्या हुआ ... क्या हुआ ?" जो भी लोग वहां पहुंचे सब जानना चाहते थे।

"इनकी बिल्ली गुम हो गई है ...बेचारी ..." राधे लाल बोला।

"ओ शिट ..." कुछ लोग सुन कर हंसने भी लगे थे।

"खोदा पहाड़ निकली चुहिया ..." एक बोल पड़ा।

तभी सामने से बिल्ली अपने बिल्ले फ्रैंड के साथ आती दिखाई दी। दूर से ही इतने लोगों को देख वे सहम गई थी। वह लड़की चिल्ला उठी, "माई लवली रोज़ी ... रोज़ी ... कम कम ..." बिल्ली दूर से उसकी ओर घूरने लगी। साथ खड़ा उसका फ्रैंड अपनी पूंछ हिलाकर बिल्ली को प्यार करने लगा। लड़की और उसका बॉय फ्रैंड बिल्ली को पकड़ने आगे जाने लगे बिल्ली और बिल्ला पीछे की ओर जाने लगे। लड़की पुकारते जा रही थी," माई लवली रोज़ी... कम कम ..."

तभी तमाशा देखने वाले लोग मुस्काते हुए छंटने लगे थे, सब छितरने लगे थे। लड़की अभी भी " कम कम माई लवली ... रोज़ी ..." कह रही थी।

राधे लाल भी अपने तीरों को समेटते हुए पाश्चात्य रंग में रंगी जोड़ी को देख मुस्काते हुए वहां से खिसकने लगा।

एक भीगी सुबह

प्रत्येक दिन की तरह आंख अपने समय पर उसी तरह से खुल गई थी जैसे मानो किसी घड़ी में अलारम रखा होता है। मुम्बई में वैसे भी दिसम्बर जनवरी प्यारा मौसम होता है। यहां तो सुबह उठना मेरे लिए अत्यन्त सुहावना सा लगने लगा था जबकि पहाडों पर स्थित अपने पैत्रिक घर में अधिक ठण्ड के कारण कभी कभी बंक भी मार लिया करता। उठते ही एक हल्की ठण्डी हवा का झौंका खिड़की से कमरे में आते ही मुझे फ्रैश कर गया। मोबाइल देखा पांच बज गए थे और तापमान 20 अंश सैंटीग्रेड।

हल्की ठण्ड होने का आभास होने लगा था। मौसम अच्छा लगने लगा।

कश्मीर से लेकर हिमाचल होते उत्तरांचल की पर्वत श्रृंखलाओं पर बर्फ और वर्षा के चलते तापमान में भारी कमी और वह हवाएं अपनी ठंड का संदेश यहां मुम्बई तक पहुंचा तो रहीं थीं जिसके चलते यहां मुम्बई में तापमान में गिरावट के परिणाम स्वरूप यहां के लोग 'ठंडी ठंडी' का अलाप करते हुए ठंड से डरने का नाटक या सच में ठंड का एहसास करने लगे थे। समझ नहीं आ रहा था कि इतनी ठंड का आभास कैसे ये लोग महसूस करने लगे। प्रकृति एक रूपता लाने के प्रयत्न में हिमालय की वादिओं की ठंड देश के दूसरे गर्म हिस्से में और वहां की गर्म हवाओं को पहाड़ों पर भेजने का प्रयत्न जरूर करती हैं ताकि एक समरूपता कायम रहे जैसे समुद्री तटों पर ' स्थल समीर' और 'सिंधु समीर' यह कार्य करती हैं।

मेरी इस ठंड पर बने संदेह का तुरंत ही निवारण हो गया। सुबह सैर पर निकलने के लिए फ्लैट से नीचे उतरते हुए छह बजने लगे थे, सोसाईटी के एक ओर बैठे रात भर के जगे तीन वॉच मैन अलाव का भरपूर आनंद लेते हुए मुझे दिखाई दिए। वे तीनों अलाव के इर्द गिर्द इस तरह से बैठ कर बातें करते अपने को सेक रहे थे जैसे हम कभी पहाड़ों पर अपने घर पर आग सेकते हुए, चारों ओर अलाव के इर्द-गिर्द बैठते। अम्मा दादी भूत प्रेतों की कहानियां सुनाकर हमारी जिज्ञासा को बढ़ाती रहतीं थीं। अब

वहां भी यह सब कुछ नहीं रहा, टी वी ने सब लोक कथाएं बंद करा दी। अब न तो वह संयुक्त परिवार रहा न तो वही अम्मा दादी। इस मोबाइल ने वहां भी सबको एक दूसरे से अलग कर दिया है।

"अरे साहब आप ठंडी में कहां निकल रहे हो हॉफ कमीज डाल कर ? " आग सेकते हुए एक वॉचमैन ने मुझे सलाम करते हुए पूछा।

"साहब विस्तर में पड़े रहते तो अच्छा रहता न।" दूसरा कहते हुए हंसने लगा था।

मैं केवल मुस्कुरा दिया। कुछ बोल नहीं पाया। अपने को उन्हें दिखाना चाहता था कि इस आयु में भी मैं तुम जैसी ठंड की परवाह नहीं करता। जबकि मैं पहाड़ों की ठंड के डर से ही यहां भाग कर आता हूं।

वे सब शायद रात भर अलाव के पास ही रहे होंगे और इस समय भी अलाव का आनंद उनसे नहीं छूट पा रहा था। ठीक भी है घर की चार दीवारी के अंदर से तो बाहर तापमान कुछ गिरा हुआ ही था। इन्होंने सारी रात हिमालय की ठंडी हवाओं का भी तो मुकाबला करना ही था, मैं तो यूं ही शेरखान बन बैठा हूं। उत्तर देना उन्हें जरूरी समझ कर बोल पड़ा,

"हां भाई ठंड तो हो गई है, क्या करें। सब मौसम अपना अपना राग तो अलापते ही रहेंगे, अपना प्रभाव तो मौसम छोड़ेगा ही, नहीं तो कैसे मालूम चलेगा कि ठंड का मौसम आ गया है।"

"जी साहब ... साहब ऐसे भी तो एक जगह पर खाली बैठ कर ठंड तो लगेगी ही ..."

"कोई बात नहीं आपने इसका इंतजाम तो कर ही रखा है ..." कह कर मैं भी उनके साथ हंस गया था।

मैं आगे बढ़ गया। सोचने लगा कि प्रकृति ने भी आदमी को इतना तो ज्ञान दे रखा है कि अपनी सहूलियत के लिए वह कुछ न कुछ रास्ता निकाल ही लेता है।

'आदमी की प्रकृति है कि वह कभी भी एक ही वस्तु से अधिक देर संतुष्ट नहीं रह सकता। उसे बदलाव चाहिए ही। इस प्रकृति को ध्यान में रखकर मौसम में बदलाव शायद इसीलिए ही होता है। वह तो किसी भी मौसम से बड़ी देर संतुष्ट नहीं रहता। गर्मी में थोड़ी ही देर में चिल्लाना शुरू कर देता है 'बहुत गर्मी है', सर्दी में चिल्लाना शुरू करता है कि बड़ी ठण्ड है और फिर जो मौसम बीत जाता है उसकी प्रशंसा करने लग जाता है ...' सैर करते यह विचार मेरे दिमाग में चलने लगे थे।

मैं इन विचारों को लेकर यारी रोड पर आगे की ओर बढ़ा ही था कि सामने मंदिर

की घंटियों की आवाज कानों में पड़ने लगी। मैं मंदिर के पास पहुंच गया था। यह मंदिर सड़क के एक किनारे पर छोटा सा है मतलब एक कमरे का मंदिर। सामने गणेश की मूर्ति, साथ में सांईं बाबे के साथ ही दुर्गा माता की मूर्ति रखी गई थी। वहां एक आदमी उसे आदमी इसलिए कह रहा हूं कि वह मंदिर का पुजारी तो लग नहीं रहा था, हो सकता है वही उसकी देख रेख करता हो , मुर्तियों के आगे धूप अगरवती करते हुए वह घंटिंया बजा रहा था और मद्धम आवाज में एक ओर म्यूज़िक सिस्टम पर गणेश की आरती बज रही थी। मैं भी आगे जैसे खड़ा हो गया। अपना सर नवाया, दोनों हाथ जोड़ कर प्रणाम किया और अपनी सैर के लिए निकलने लगा ही था कि मसजिद के स्पीकर से अज़ान की आवाज सुनाई पड़ गई, नजर दौड़ाई तो सामने मसजिद थी। मैंने उस ओर भी अपना सर नवाया और चल पड़ा।

मैंने सुन रखा था कि जब यह मसजिद बनी थी इस को बनाने के लिए यहां के हिन्दुओं ने मदद की थी और मुसलमान भाईयों ने मिलकर इस गणेश मंदिर के निर्माण में मदद की थी। अरे वाह इस तरह के उदाहरण भारत में बहुत से स्थानों में मिल जांएगे।

तभी मुझे अयोध्या की रामलल्ला के मंदिर की बात याद हो आई। राम लल्ला के मंदिर की ईंटे भी किसी मुसलमान भाई ने दी होगी जिसकी हर इट पर 786 खुदा है। अरे अब अपने सिक्के को चलाने के लिए आज के समाज में नफरत फैलाने वाले बहुत से नेता मिल जाएंगे। अब न जाने क्या हो गया हम सबको। नफरत का सिलसिला कब थमेगा ?’

प्रातः के भ्रमण में मुझे इस चौड़ी सड़क पर चलना बहुत ही अच्छा लग रहा था। इस समय कुछ और प्रभाती भी नजर आने लगे थे। मेरी आयु के प्रौढ़ अधिक थे। अधिक का अर्थ भीड़ से न लिया जाए। जितने भी वहां लोग थे उनमें अधिकांश बजुर्ग ही थे। हो सकता है कि बजुर्गों को नींद जल्दी खुल जाती होगी या सुबह उनके उठने की आदत उन्हें सड़क पर सैर करने के लिए मेरी तरह ही विवश करती चली आ रही होगी। अब की पीढ़ी की नींद सुबह कहां खुलती है। हां एक दो युवा दौड़ लगाते हुए भी दिखाई दिए।

इसके साथ कुछ लड़के लड़कियों के जोड़े भी नजर आने लगे थे। उनके पीठ पर पुस्तकों का थैला देख अनुमान लगाना मेरे लिए आसान ही लग रहा था कि वे कहीं पर पढ़ने के लिए ट्यूशन जाते होंगे। अब यहां पर अपनी प्रेम भरी बातों में व्यस्त होने से लग रहा था कि वे या तो पढ़ कर आ गए थे या अभी जाना है या वे वहां पर भी बंक मार कर बाहर अपनी मस्ती करने में लगे होंगे। हां थे बड़े मस्त। एक आध लड़के के हाथ में सिगरेट भी देखी जा रही थी जो बड़े स्टाइल से कभी कभी कश लगा रहा

था और बड़े अंदाज से उसका धुंआ ऊपर आसमान की ओर छोड़ रहा था।

यह देख मुझे अपना बचपन भी याद हो आया। मैंने बचपन में एक फिल्म देखी थी जिसमें प्राण सिगरेट को बड़े स्टाइल से पीता है। कश लगाने के बाद वह धुंए को आसमान में छल्ले बनाता हुआ छोड़ता है। मुझे उसका स्टाईल अच्छा लगा था और मैंने भी चुपके से पिता जी की कैंची नाम की सिगरेट की डिब्बिया से एक सिगरेट चुरा कर बाहर अपने मित्रों के पास आ गया था और प्राण की तरह ही सिगरेट पी कर दोस्तों के आगे छल्ला बनाने लगा था। जब हवा में सिगरेट के धुंए से छल्ला बना तो दोस्त बड़े खुश हुए और बारी बारी से सिगरेट का कश लगा कर छला बनाने लगे थे। किसी से छल्ला बन रहा था और किसी से नहीं। इसी छल्ले की जानकारी के लिए हमने दो चार बार फिल्म भी चोरी छिपे देख ली थी। परन्तु छल्ला एक ही दिन बना क्योंकि मां को मेरे मुंह से सिगरेट की बदबू आ गई थी और मुझे बड़े प्यार से डांट भी दिया था। मां ने इस तरह से डांटा था कि शायद ही उसके बाद मैंने कभी सिगरेट को हाथ भी लगाया हो !

मेरे सामने ये लड़के मस्ती कर रहे थे। तभी मैंने देखा कि अब वह सिगरेट उसकी साथी लड़की ने ली और वह भी बड़े मजे से कश लगाने लगी। मैं उसे देख रूक गया। मुझ पर उन्होंने एक नजर अवश्य डाली परन्तु कोई ध्यान न दिया वे अपनी बातों में मस्त रहे। मेरी पीढ़ी इस पीढ़ी को इस प्रकार की हरकतें देख इनके बारे कुछ अटपटा सोचने लगती है। हमारे जमाने में तो लड़कियां सबके सामने बात करने तक झिझकती थीं सिगरेट पीना तो कोसों दूर की बात। वे भी मुझे इसी अंदाज से देखते रहे कि तुम चाहे बुरा मानों या अच्छा हम तो अपने ढंग से जिएंगे, इस समय हमें दो दूनी चार के पहाड़े की आवश्यता नहीं है, घर में मां बाप बैठे हैं।

इनको देख मन में तो आया कि इनको सिगरेट के बारे कुछ बता दूं परन्तु ख्याल आया आज का युवा हर बात का ज्ञान रखता है और करता वही है जो उसके मन में आए। सिगरेट पीने से चाहे कितना ही बड़ा नुकसान सेहत के लिए क्यों न हो, यह वो सब जानते हैं। मैंने उनसे बात न करना ही उचित समझा, यह सोच कर कि मेरे ज्ञान की इस पीढ़ी को कोई आवश्यकता नहीं है। मैं आगे जरूर बढ़ गया परन्तु पीछे मुड़ मुड़ कर देखना नहीं छोड़ा और वह लड़की मेरे से नजरें मिलाती हुई सिगरेट का कश लेते हुई आसमान में बड़े अंदाज से धूएं को छोड़ती रही। ठीक देवानंद के गाने की तरह जो उन्होंने 'हम दोनों' में फिल्माया था, 'हर फिक्र को धुंए में उड़ाता चला गया।' शायद वे यह दिखाना चाहते होंगे कि तुम क्या जानों सिगरेट का मजा।

आज की पीढ़ी की सोच पर विचार करता मैं आगे बढा।

सामने ही मोड़ पर ही एक मंदिर और आ गया। गेट पर ही लिखा था 'श्री राधाकृष्ण, हनुमान शिव मंदिर' मंदिर देखते ही मेरा सर भगवान की बंदगी के लिए अपने आप ही झुक जाता है फिर चाहे वह मंदिर हो या गुरूद्वारा हो या फिर मसजिद हो, चाहे चर्च हो। मेरे लिए सब एक से हैं और सम्मान भी सबके लिए एक सा ही। इच्छा हुई कि मंदिर के प्रांगण में जाया जाए, इच्छा होते ही इससे पहले कि कोई दूसरा विचार न आए मैं अंदर चला गया।

मंदिर का प्रांगण खुला सा था। बाहर बैठने के लिए बैंच लगे हुए थे। मैंने बाहर से सब मूर्तियों को नमस्कार किया और एक ओर के बैंच पर बैठ गया जहां से शंकर परिवार की मूर्तियां नजर आ रही थी। मैंने शंकर पर अपना ध्यान लगाया ही था कि एक डील डॉल वाली महिला भीख मांगने मेरे सामने आ खड़ी हो गई। मैंने उस पर ऊपर से नीचे तक एक नजर डाली,

"अरे इतनी इट्टी कट्टी हो भीख क्यों मांग रही हो ...?" मैं उसे गुस्से से बोल रहा था तो वह बीच में ही बोल पड़ी।

"साहब, क्या बोलता तूं, हट्टी कट्टी तो हूं ही काम भी करती हूं फिर भी जरूरत कुछ ज्यादा ही आन पड़ी..."

उसकी बात सुन कर मुझे कुछ और तेवर चढ़ने लगे थे मैं भी बीच में बोल पड़ा,

"जरूरत कुछ ज्यादा आन पड़ी तो यहां सुबह सुबह ही मांगने खड़ी ... "

"हां साहब , खड़ी होना पड़ा है, आठ बजे जो हमको डयूटी पर जाने का है न, जल्दी न खड़ा होगा तो डयूटी पर देरी न होने का ..... "

"क्या जरूरत आन पड़ी है तुम्हें ?" अबके मैं कुछ नरम पड़ गया था। जानने की इच्छा होने लगी थी।

"साहब रहने दो न , आपने कुछ देना है तो दो ... मेरी बात जान कर तुम का करने का ... दूसरों के लफड़ो में न पड़ते ..."

उसकी बातों से, देखने से लगने लगा था कि वह मुस्लिम होगी। जिज्ञासा होने लगी कि मुस्लिम हो कर यहां मंदिर में क्यों भीख मांग रही है, मैंने उससे पूछ ही लिया,

"तुम्हारा क्या नाम है ?"

"रजिया ..." वह मेरे ओर देखने लगी। मेरा संदेह भी ठीक ही निकल गया। सोचने लगा कि इससे भीख मांगने का कारण भी जान ही लूं। मेरी जिज्ञासा का समाधान भी हो गया था, वह मेरे आग खड़ी ही रही और मेरा संदेह और बढ़ गया था, शांत भाव से पूछ ही बैठा,

"अच्छा कारण बताओ क्यों भीख मांग रही हो ?"

अब उसने अपने काले दुपट्टे का पल्लु अपने कंधे पर लपेटते हुए कहा,

"साहब जी मेरी एक बड़ी स्टोरी है फिर भी आप पूछता है तो सुनो ..... आप मेरी स्टोरी सुनकर मेरी कुछ हैल्प कर देगा का .... ?" वह अंग्रेजी के शब्दों का प्रयोग कर रही थी। समझ आ गया कि जहां वह काम करती है अंग्रेजी शब्दों का प्रभाव इस पर भी पड़ गया होगा।

"मैं जिस घर में काम करती हूं मुझे वहां काम करते हुए बीस वर्ष से ऊपर होने का .... बराबर .... "

"हां ... बराबर ... " जब वह बराबर शब्द का इस्तेमाल करती तो मैं भी उसकी हां में हां बोलते हुए बराबर बोलता।

वह आगे बोली।

".... उनकी एक बिटिया है अब उसकी मैरीज होने का ... बराबर ..."

"हां बराबर ..." मुझे उसके साथ बराबर बोलना अच्छा लग रहा था।

"अब मैने उस बिटिया को जब वह डॉल जैसी थी बेटी से बढ़ कर पाला पोसा... अब साहब उसकी मैरीज है न, मुझे भी उसके लिए कुछ देना ही होगा न ... मैंने कुछ पैसा इकट्ठा तो किया है साहब परन्तु बड़े घर की बिटिया है कुछ तो बड़ा गिफ्ट देना ही होगा न ... छोटा मोटा तो उनके किस काम का..." बोलते हुए लगा कि उसकी आंखें भर आई थीं।

उसकी बात सुन कर मैं भी चुप हो गया और सोचने लगा कि गरीब लोग जब दूसरों को चाहते हैं तो दिल से चाहते हैं।

"अच्छा यह बताओ आप मंदिर में क्यो मांगने आई हो रजिया ... ?"

"साहब, जो उसको मानते हैं ... उसको, ... गॉड को ... क्या बोलता तुम, भगवान को, वे मंदिर, मस्जिद, गुरूद्वारे में ही जाते हैं, उन्हीं भक्तों में थोड़ी बहुत इनसान ... बच गई है ... अब दूसरी जगह ... कछु नाहीं .... कछु मिलेगा तो यहीं पर ही, मुझे कछु होप है तो यहीं ही है बाहर मैं नहीं जाने का ... सड़क में ... नाहीं ... मैं मांगने वाली नाहीं ..."

सोचने लगा कि बात तो उसने बड़े पते की कही है। भले ही वास्तव में भगवान है कि नहीं वह अलग बात है यहां आकर कम से कम आदमी के प्रति तो सहानुभुति रखने वाला यहीं होता होगा, एक आस्था कुछ लोगों के मन में रहती ही होगी कि सब उसी का अंश है आदि आदि विचार मन में आने लगे और उस औरत के प्रति मेरे मन में आदर भी बढ़ने लगा।

"कब है बिटिया .... डौल की शादी ?"

"इसी सोमवार को ..."

"ठीक है , अच्छा यह बताओ तुम क्या देना चाहती हो ..."

"साहब जी का दे सकती हूं कम से कम कछु ऐसा दूं कि बिटिया याद रखे ... आप ही बताओ ... मैं ऐसा देना चहती हूं चाहे मुझे उसके लिए सारी उम्र कहीं काम ही क्यों न करना पड़े। हमको बहुत ही प्यारी बच्ची है ..... हमने ही उसे पाला है ..." बोलते हुए उसका गला अब भर आया था। उसने एक ओर मुंह फेर लिया था।

अरे उसका तो मैने बड़ा दिल दुखा दिया। अब मैं भी पिघलने लगा था।

"एक आखिरी बात ... अच्छा यह बताओ ... कितने पैसे से तुम्हारा काम चल पड़ेगा ..."

कुछ देर वह चुप खड़ी रही कुछ नहीं बोली इतनी देर पहले तो वह पैसे मांग रही थी जब अब दाता राशि पूछ रहा है तो वह चुप हो गई। जब वह नहीं बोली तो मैंने उससे फिर पूछा,

"ठीक है जो तुमने लेना है सोच ले जितने तेरे पास पैसे हैं वह तुम दे देना शेष जितनी कमी जाएगी मैं दे दूंगा।"

रजिया ने अपने दोनों हाथ मेरे आगे जोड़े और कुछ कहे बिना ही चली गई। कुछ आगे चल कर वह फिर मुड़ कर आई भीगी पलकों से बोली,

"सर, आप अच्छे इनसान लग रहें हैं परन्तु आप मुझे गलत समझ बैठे हैं। मैं भीख नहीं मांगती ... मैं तो पैसों की जो कमी रह गई है उसे पूरी करने के लिए यह सब कर रही हूं। यह भी मेरी मेहनत ही है। मैं आपसे पैसे लेकर आसानी से अपनी इच्छा पूरी नहीं करना चाहती हूं, आप से पैसे लूं और बच्ची को गिफ्ट दूं ... नहीं हो सकता है ... जो हम गिफ्ट करते हैं अगर उसमें भी आप बसते नहीं तो उस गिफ्ट का मतबल ही कुछ नहीं रह जाता ... गिफ्ट जो तुम अपने चाहने वालों को देते हो उसमें आप नहीं...तो ... कोई मतबल ही नांही..."

कहकर वह जाने लगी फिर दो कदम के बाद फिर रूक गई मेरी ओर मुड़ कर देखा,

"आपका थैंक यू ..." नम आंखों से कह कर चली तो गई परन्तु उसकी आंखें मेरे आगे घूमने लगीं उसी तरह से जिस तरह से फिल्म दो आंखें बारह हाथ में ... आंखें ...।

मैं सोचने लगा कि मैंने कुछ कहा तो नहीं जो गलत हो और इसका दिल दुखा दिया हो। कुछ देर वहीं बैंच पर बैठा रहा। इस रजिया ने तो मुझे झकझोर दिया। मैं तो उसे एक भिखारिन ही समझता रहा और अपने को ... अपने को बड़ा समझदार शेरखान समझने लग गया था। अकसर यह अंहकार भी बड़ी गलती करा देता है कभी हम से ...।

कितनी ऊंची बातें करती जा रही थी वह। मंदिर में उस ऊपर वाले को चाहने वाले ही आते हैं और प्रत्येक मनुष्य में उसका ही रूप देखने लगते हैं। विचार आया कि वह ठीक ही कह रही है मंदिर हो, मस्जिद हो, चर्च हो, गुरूद्वारा हो वहां जो भी आएगा सब लोगों से प्यार करने वाला ही आएगा। सब में उसका ही रूप देखेगा। मस्जिद को तोड़ने वाले कभी भी मंदिर नहीं गए होंगे। उन्होंने उस प्रभु की कभी भी संगत नहीं की होगी और उसी तरह से बंदूक पकड़ने वाला मुसलमान आतंकी भी कभी मस्जिद नहीं गया होगा। सब खेल ही है। चाहे इसे राजनितिक कहें चाहे इसे मनुष्य की अंहकार की पराकाष्ठा कहें सब छल और बल का दिखावा है जो जगह-जगह प्रदर्शित हो रहा है।

रजिया मेरे मन पर बहुत प्रभाव छोड़ कर चली गई थी। समझ आने लगा कि जो सच्चे पक्के होते हैं उनके चारों ओर वायुमंडल में आभा का एक पुंज साथ साथ चलता है और उस आभा के गुरूत्वाकर्षण में वह दूसरे को प्रभावित करता रहता है। मुझे आभास होने लगा था कि रजिया के चारों ओर भी आभा का पुंज विद्यमान था।

अब सूर्य देव सामने दिखाई देने लगे थे और लोगों का मंदिर में आने का तांता भी लगने लगा था। मंदिर की घंटियां बजने लगी थीं जो मेरे सोचने में भी व्यवधान डालने लगीं थीं। सामने मूर्तियों को नमस्कार कर चल दिया।

अब घर की ओर बढ़ने लगा। रजिया के विचार अब दिमाग में चक्कर काटने लगे थे। रह रह कर दिमाग में घर कर गए थे। आज समझ में आ रहा है कि किसी भी आदमी को छोटा नहीं समझना चाहिए। बड़ी जगह पर काम करने वाले को हम बड़ा समझ लेते हैं और छोटी जगह पर काम करने वाले को हम छोटा समझने की भूल करने लग जाते हैं। इसी उधेड़बुन में मैं रात भर ठीक ढंग से सो भी नहीं पाया।

अगले दिन कुछ जल्दी से सुबह ही, पर्स में पैसे थे यह अनुमान लगा कर मैने पर्स को अपनी जेब के हवाले कर यह सोच कर चल पड़ा कि रजिया को जो भी हो पांच सौ रूपए तक तो दे दूंगा ही।

मैने आज इधर उधर कुछ नहीं देखा या ध्यान नहीं दिया । वही लड़के लड़कियां, सिगरेट पीने वाले सब को छोड़ सीधे मंदिर के प्रांगण की बैंच पर बैठ गया। मुझे ऐहसास हो रहा था कि रजिया यहां आएगी और मंदिर में आए भक्तों से अपने गिफ्ट की राशि पूरी करेगी, उसका इंतजार करने लगा। कभी बाहर मंदिर के गेट की ओर देखता कभी अंदर चारों ओर के परिसर को देखता वह तो कहीं भी नहीं ... दिखाई दे रही थी।

मैंने एक घंटा इंतजार किया, दो घंटे इंतजार किया मेरा मोबाइल बज उठा,

''अरे आज मंदिर में जम गए ... कोई भगतिन आई है क्या ...'' घर से पत्नी बोल रही थी।

“आ रहा हूं ...”

“जल्दी आइए श्रीमान जी ...”

देर होने से पत्नी ताने मारने लगी थी। मैं भी आध घंटा और बैठा, रजिया कहीं नहीं दिखाई दी और मंदिर की मूर्तियों को प्रणाम कर घर की ओर उदास सा लौट चला।

मैं अब रोज आता रजिया अब मुझे नहीं मिलती नहीं दिखती ... कहां गई होगी मैंने उसका पता भी नहीं नोट किया। केवल उसे एक भिखारिन, काम काज करने वाली मजदूरन ही समझ बैठा था ... वह तो मेरे लिए एक शिक्षक के रूप में आई थी।

मैं अब मंदिर रोज आता, रजिया नहीं मिलती। अब तक तो उसकी डॉल की शादी भी हो चुकी होगी। मेरी अम्मा-दादी के द्वारा सुनी कहानियों की तरह मुझे लगा कि कहीं भगवान मेरी परीक्षा ही तो नहीं ले रहा था और मैं मंदिर की मूर्ति के पास यह प्रार्थना करने लगा, ‘हे प्रभु कहीं आप मेरी परीक्षा तो नहीं ले रहे थे। आप रजिया के भेष में तो नहीं थे। हे प्रभु आप इस तरह से मेरे से न मिला करो ...मेरे साथ पुराने जमाने वाली बात मत किया करो डायरैक्ट क्यों नहीं मेरे से बात करते ...मेरे से भूल हुई है क्या ...’

मैं आंखे बंद किए भगवान शिव से बात कर रहा था तभी घंटे की आवाज ने मुझे अपनी प्रार्थना से जगा दिया, आंखें खोली सामने रजिया ....

“अरे रजिया ...” मेरी पूजा छूट गई, लगा कि प्रभु ने मेरी बात का मान रखा और रजिया को सामने खड़ा कर दिया। यह सब फिर से अम्मा- दादी की बचपन की कहानी की तरह ही हुआ।

“हां साहब जी ... रजिया हूं ... नमस्कार ...”

“अरे मैं तो आपको देखता ही रहा आप मिले ही नहीं ...”

“जी...”

“आपका काम हो गया ... बिटिया की शादी हो गई ...”

“साहब जी ... सब ऊपर वाला करता है वह सबकी मदद करता है ... बात है कि आपकी प्रार्थना में कितना दम है। सब ठीक हो जाता है। आपने मेरे बारे मे सोचा वह भी बहुत बड़ी बात है ...”

“सब ठीक हो गया न ...”

“क्यों न होता ठीक ... सब वही कंट्रोल करता है ... न ...”

“चलो लाख शुक्र है, ... आपकी मनोकामना भी पूरी हो गई।”

“जी ....” मैने उसे साडी में नहीं देखा था। आज वह साड़ी में थी। कुछ देर रूक कर वह बोली,

“देखो सर, यह साड़ी कितनी अच्छी है ... यह मेरी मेम साहिबा ने शादी का मेरे को गिफ्ट किया है ...”

फिर उसने मुस्काते हुए एक पूरा चक्कर काट कर मुझे साड़ी दिखाई।

"साहब जी इस साड़ी को मेम साहिबा डालते थे मंहगी होगी न ..." और उसने एक चक्कर फिर काटा कितनी सुन्दर है न , बोलो न साहब जी ... बोलता क्यों नहीं ..." और मैंने देखा कि उसकी आखों के आगे अंधेरा छाने लगा होगा क्योंकि वह देख नहीं रही थी। मंदिर में और भी लोग आए हुए थे सब उसकी ओर देखने लगे ... मैंने उसे रोका ... मुझे लगा कि सब अबनौरमल है।

"साहिब जी यह जरा सी एक जगह से फटी है ... फटी पल्लु के नीचे आ जाती है .... हम लोगों को बुरा नहीं लगता ... सब फटी बटी सब चलता है ... " कह कर उसने एक चक्कर फिर काटा।

"रजिया ... क्या कर रही हो ... सब ठीक है ... न ..."

अब वह कुछ नहीं बोल पा रही थी, मेरा सहारा लिए खड़ी होना चाहती थी ...

मैंने सुना वह कुछ बोल रही थी "... मैम ने अपनी पुरानी साड़ी मुझे दी ... कितनी ... मेहरबानी ... की बड़े लोगों की बड़ी बातें ... मैं तो ... भगवान को दिखाने आई थी ... मैं तो घूंघट के पट खोल मीरा की तरह आज नाचु रे ... घूंघट के पट ..."

कहते कहते वह वहीं पर धड़ाम से गिर गई थी। मैं क्या करूं उसका मुझे पता भी कुछ नहीं, किसको खबर करूं .... मैं तो उसकी आंतरिक पीड़ा भी समझ नहीं पा रहा था।

6.हर पल जी भर कर जिओ

दादू के बीमारी की खबर मिलते ही मुझे उठ-बैठ होने लगी। दादू का पी जी आई में दाखिल होने का अर्थ मैं साफ समझ रहा था कि दादू ठीक नहीं है। बैसे भी उम्र का यह पड़ाव कुछ ऐसा है कि कुछ भी संभव हो सकता है, मैं अब समझने लग गया था। अभी तो दादू ठीक ही थे क्या हो गया होगा उनको।

मैंने मम्मा पापा को भी अपने आने की सूचना नहीं दी थी। एक फोन की काल पर ही तो मैं बॉस को फोन पर अपने छुट्टि जाने की सूचना दी थी सो चला आया था। फोन पर मैंने पापा को यह नहीं बताया था कि मैं आ रहा हूं। घर आने के लिए बस दादू की बीमारी की जानकारी ही मेरे लिए बहुत थी और मैं उस पक्षी की तरह जो सूर्य के ढलते ही अपने नीड़ की ओर गतिमान हो जाता है।

मेरे मम्मा पापा भी अच्छी तरह से जानते थे कि मैं यह पता लगने पर रूकने वाला भी नहीं हूं फिर भी वे कुछ न कुछ तो अनुमान लगा ही रहे होंगे कि आफिस जाएगा छुट्टि के लिए आवेदन करेगा बगैरा बगैरा ... कई तरह के वे सोचते रहे होंगे अर्थात् एक दो दिन का समय आने में लगेंगे ही।

ऐसा भी नहीं था कि मैं उन्हें कुछ सरपराईज़ देना चाहता था। पता नहीं मुझे दादा की बीमारी का पता चलते ही मैं अपने को संभाल भी नहीं सका। हां एक काम मैंने अवश्य किया छोटे भाई जो बैंगलोर में जॉब पर है को फोन मिलाया,

"अरे तूं क्या कर रहा है ... ?" मेरे शब्द रूकने लगे थे। छोटा मुझ से दो कदम आगे है वह सब समझ गया होगा। हमारे घर में दादा के समय से ही एक रिवाज रहा है कि कम बोलो शेष आगे समझने वाला स्वयं समझ जाता है।

"क्यों बड़े क्या होने लगा है ... अपने को बड़ा बहादुर दादा का बेटा बनता है ... गला भर गया न ... बड़के कपड़े डाल रहा हूं बस पांच मिनट में निकल रहा हूं एयरपोर्ट के लिए ..."

और उसका भी गला भर गया था मैं सब जानता था बड़ा जरूर हूं परन्तु वह तो दादा से अधिक जुड़ा है गला तो उसका भरना ही था। उसने फोन रख दिया था। मैं यहां से उसके बारे सब समझ रहा हूं, जरूर सिसक रहा होगा फोन बंद करना एक ही रास्ता था अपने को संभालते हुए वह फिर से फोन करेगा यह मैं जानता था।

बस वही हुआ मैं अपना समान पैक कर रहा था तो उसका फोन फिर आ धमका,

"बडके कुछ खांसी आने लगी थी सो फोन बंद कर दिया यार ..."

"कोई बात नहीं ... मैं सब जानता हूं ... मेरे गले में भी तुम्हारी तरह ही .... अच्छा मैं भी निकलूंगा ही ... चंडीगढ मिलते हैं पी जी आई ..."

"ओ के ..." और उसने फोन रख दिया। हो सकता है वह तैयारी में व्यस्त हो या अब भी उसका गला भर आया हो...।

बस यूं ही समझो कि दस पंदरह मिनट में ही एयर पोर्ट के लिए मैं भी निकल आया था। टिकट के बारे सोचने लगा तो अपने सैक्टरी का ख्याल आते ही उसे ही तो बोल दिया था टिकट के लिए। वह संपर्क में रहेगी ही।

चलते चलते दादा के साथ जुड़े अपने सारे किस्से याद आने लगे थे ।

दादा कभी बीमार नहीं पड़ते थे और इस उमर के इस पडाव में बीमार पड़ने का अर्थ ही कुछ और लग रहा था। दादी को भी नहीं पूछा जा सकता था दादी तो और भी कमजोर हो जाएगी। वहीं पर मिलकर दादी से बात करूंगा।

अभी ही तो हमने दादू का 85वां जन्मदिन बड़ी धूम-धाम से मनाया था। दादू जब केक काटने अपने कमरे से दादी की बाहों में बाहें डाले बाहर आए तो उन्हें देख हम सबकी हंसी निकले बिना न रही। सर पर टोप, हाथ में एक बेहतरीन छड़ी, आखों में काला चश्मा और इस पर बड़ी बात उनकी फिक्सो लगी कुंडलिय मूंछे। हम भी हैरान थे कि उनकी मूंछें कहां से उग आई थी।

एकदम से चुस्त-दुरस्त, फौजी जवान लग रहे थे। बार बार अपना हाथ मूंछो पर ले जाते। सारे परिवार अपने अपने मोबाइल से उनका फोटो लेने लगे और वे दादी के साथ फोटो खिंचवाने इस तरह से खड़े हो गए जैसे उन्हें ऑस्कर अवार्ड मिलने जा रहा हो। हां, उनकी मूंछों को देख सब एक दूसरे के साथ कानाफूंसी करने लगे थे, खुल कर कोई भी बात नहीं कर रहा था।

बस केक काटने के बाद दादी ने सबका ध्यान अपनी ओर खैंचा। वे दादू के करीब उनकी बाहों में बाहें खड़ी थी, हम सब उनकी ओर देखते जा रहे थे तो मौका लगते ही दादी ने दादू की मूंछे खैंच दी। सबने तालियां बजाई, दादू ने अपना हैट सर से हटा कर धन्यवाद किया, तो दादू बोले थे,

'अपनी मूंछे ... माई सन ... अपनी पत्नी के पास हमेशा ही नीचे रखना ...'' और जोर से हंस दिए थे। हम भी तो हंसे बिना नहीं रहे थे। दादू हमेशा ही कुछ न कुछ नाटक करते आते थे।

जहाज पर बैठते ही लग रहा था कि इसकी गति तेज कयों नहीं होती। खिड़की से लग रहा था कि यह आज रेंग कर क्यों चल रहा है। आदि आदि विचार जहन में आने लगे थे। उड़ तो रहा ही हूं परन्तु इसमें भी समय तो मुझे चुभ ही रहा था।

उनके 75वें जन्म दिन के बाद हम सब मिल कर उनका जन्म दिन एक साथ मनाते आए हैं। दादी ने उनके 75वें जन्मदिन पर हमें दोनों भाइयों को कहा था,

'दादा के जन्मदिन पर सब इकट्ठे होकर उनके साथ सारा परिवार जन्मदिन मनाया करें। अरे उनके जन्मदिन पर हमारे तीन तीन त्यौहार होते हैं, दादा का जन्मदिन, तुम्हारी मम्मा का जन्म दिन, और दादा दादी की मैरीज एनवरसरी। यह दिन घर का एक बड़ा त्यौहार है।''

बस फिर क्या था हम दोनों, चाचू सब घर पर पहुंच जाते थे उनका जन्मदिन मनाने। सारे परिवार को इकट्ठा देख दादू तो इतना मस्त होते कि हमारे और उनके बीच कोई आयु का अंतर भी है कि नहीं, पता ही नहीं चलता। जब कभी दादू ऐसी बात कर जाते जो बड़ों को छोटों के बीच नहीं करनी चाहिए, खूब मस्त होकर अपनी सीमा लांघने लगते तो दादी बीच में आ जाती और हमारे साथ उनको भी डांट पड़ती और हमें ठहाका मारने का मौका मिल जाता। इसमें हमारे चाचू का भी हाथ रहता वे भी तो मस्त हैं।

एक बार हमारे यहां एक मित्र घर आया। वह छोटी ही आयु में गंजा हो गया था। हम मित्र आपस में गप-सप कर रहे थे। उसके सर पर हाथ रखते हुए मैंने कहा,

''यार तेरे गंजे को देखते हुए कोई अपनी लड़की तूझे नहीं देगा, न ही लड़की तूझे पसंद करेगी। एक काम कर तू हेयर पलांट करा ले।''

''हां हां आज क्या नहीं होता, डाक्टर ने तेरे ही शरीर से बाल निकाल कर इनका रोपण तेरे खोपड़ी पर कर देना है बस।'' छोटे ने मेरी बात की पुष्टि की।

''बाल कहीं से भी, छाती से निकलवा देना ...''

दूर खड़े दादा सब हमारी बातें सुन रहे थे हमारे बीच आकर बोले, ''ठीक है, यह ठीक ही बोल रहा है कहीं के भी बाल, मतलव जो दिखाई ही नहीं देते गुप्त बाल उन्हें लगवा लेना ...''

हम सब दादा की ओर देखने लगे। एक दम तो हमारी समझ में नहीं आया जब उन्होंने इशारा किया तो हमारी हंसी रूक नहीं सकी और दादी की झिड़कियां लगातार

दादे पर जब पड़ने लगी तो हम और मजा लेने लगे थे। उघर हम हंसते रहे उधर दादा और इस ओर दादी का भाषण,

"कुछ तो शर्म करो , बड़े छोटे का लिहाज करो ..."

एक बात और याद आ गई। अनुराधा मेरी फैंयसी से मुलाकात भी एक एतिहासिक है। दादू मेरे पास मुम्बई आए थे। हम यूं ही चौपाटी घूमने निकले थे। दादी भी साथ थी। सामने से एक सुंन्दर लड़की अकेली हमारी ओर को आ रही थी। मेरी नजर लगातार उस पर पड़ रही थी। दादू ने यह सब देख लिया था। बस फिर क्या था ज्यों ही वह हमारे पास से गूजरी तो दादू ने उसका पल्लू पीछे से खींच लिया और आगे की ओर इस तरह से निकल गए कि जैसे उन्होंने कुछ किया ही न हो, सब मैने ही किया हो, क्योंकि मै दादू के साथ पीछे पीछे चल रहा था।

"गाय ... व्यहट इस दा प्राब्लम ?" लड़की ने रूक कर मेरी ओर घूर कर कहा। साफ जाहिर था कि यह सब काम मैंने ही किया हो, मैं कुछ सहम गया। मैं क्या करता चुप हो गया था। दादी ने दादू को एक फटकार लगाई। मैंने हड़बड़ाता हुआ कहा,

"नो प्राब्लम ... देयर इज़ दा प्राब्लम ..." मैंने डरते हुए अपने को छुड़ाने के लिए दादू की ओर इशारा किया। मुझे मालूम था कि इसका हल भी वहीं है, दादू के पास।

दादू बहुत चालाक हैं उन्होंने यह सब जान बूझ कर किया था। पीछे दो चार कदम चल कर हमारे बीच आ कर बोले,

"बेटे प्राब्लम ... नो प्राब्लम ... आप मुझे अच्छे लगे और मुझे अपनी बात याद हो आई। जो मुझे अच्छा लगता है मेरा मन करता है और उसे छेड़ आता हूं। यह इसकी दादी, एक मात्र मेरी पत्नी को मैने इसी तरह से शिमला के माल रोड़ पर क्या छेड़ा था अपनी ही बन गई थी। माई स्वीट चाइल्ड ... सारी कहूं ...."

और वे इतने जोर से हंसे कि जो हम साथ खड़े सीरियस हो गए थे किसी झगड़े की आशंका में कि अब क्या होगा ? दादू को भी न जाने क्या सूझती है, दादू के हंसने पर मैं और दादी लड़की की प्रतिक्रिया देखने लगे थे ... और वह भी हमें देखते हुए एक दम से हंसने क्या लगी। फिर क्या था मेरी और दादी की हंसी भी उसके साथ फूट पड़ी...

और फिर सिलसिला परिचय पर आ गया और बढ़ते बढ़ते आज मेरा अनुराधा के साथ रिस्ता भी हो गया। वह यहीं पर मुम्बई में ही काम करती है हम रोज मिलते हैं।

अरे मैं तो उसे दादू का बताना ही भूल गया अब चंड़ीगढ़ से ही फोन करूंगा।

दादू ने कभी भी ड्रींक नहीं किया लेकिन हम जब बड़े हो गए तो उन्हें मालूम हुआ कि हम ड्रींक करते हैं यह बात उन्हें दादी से पता चली थी।

“फिर क्या है यार। मेरे पोते अगर ड्रींक करते हैं तो हम क्या कम हैं मैं भी चस्का लगा ही लूंगा। बैठेगें आज तीन यार मैं, तुम और ...”

“और कोन ...”

“दादी ...”

और फिर वही जोर की हंसी का सिलसिला ...

और वे हमारे साथ ड्रींक करने लग गए। अब जब घर में इकट्‌ठे होते हैं दादू हमारे साथ खूब मस्त होते हैं, गाना गाते हैं चाहे वह सुर में हो चाहे न हो। गिलास हाथ मे लेकर हमारे साथ डांस करते स्पीकर पर उनके पसंद का गाना बज रहा होता। पड़ौसियों को भी हमारे आने का पता चल पड़ जाता। चाचू भी जो फिल्में बनाते है निदेशक हैं अपनी फिल्म का गाना बजाते हैं। दादू भी चाचू के फिल्म का गाना ही सुनना चाहते हैं उसे ही अपनी जुवानी सुर में, बेसुर में गाते भी तो हैं।

लेकिन एक बात का ध्यान वे जरूर रखते जब भी दादी सामने होतीं तो स्पीकर पर गाना बजना चाहिए, ‘ये मेरी जोहरा जबीं तूझे मालूम नहीं तू अभी तक है हसीं और मैं जवान ...”

और दादी सामने मुस्काने लगती। कैसा समां बंध जाता, ‘ माई दादू इज़ ग्रेट ...’ तभी पायलट ने चंडीगढ़ पहुंचने की सूचना दी।

मेरा ध्यान टूटा ... दादू क्या अब ...

पहुंचते ही मैने अनुराधा को फोन लगाया, सब बताया जान कर वह नाराज हुई और नेक्स्ट फलाईट से उसने आने का निर्णय ले लिया,

“आई एम कमिंग .... ” बस उसने बड़ी बात नहीं की क्योंकि वह कुछ सुनना ही नहीं चाहती थी।

साथ मैंने छोटे को भी फोन मिलाया,

‘उपभोक्ता का मोबाइल स्वीच ऑफ है’ इसका अर्थ वह फ्लाईट में होगा। चलो सब इकट्ठे हो जाएंगे दादू के साथ बहुत दिनों के बाद ....

लैंडिंग के बाद मैं सिधे ही पी जी आई की ओर हो लिया।

मोबाइल पर दादी से सब मालूम चल पड़ा था कि वे किस प्राइवेट वार्ड में हैं, पी जी आई पहुंचते ही रूम पर पहुंच गया।

बस दादी बाहर ही मिल गई, सब पापा मम्मी चाचु दादी वहीं थे। पता चला कि चाचु बहुत दिनों से यहीं ही हैं। सबकी नजर मेरे पर जब पड़ी तो सब हैरान हो गए। उन्होंने कभी सोचा ही नहीं होगा कि मैं इतनी जल्दी पहुंच जाऊंगा। बस दादी तो मेरे से चिपट कर रोने लगी,

''उठते ही तुम दोनों को दादू हमेशा ही याद करते हैं ... अच्छा किया बेटे ... गॉड बलैस यू ... तुम दोनों में तो दादू की जान अटकी हुई है ...'' दादी अधिक बोल नहीं पाई, एक ओर मुंह करके अपने पल्लू से मुंह पोंछने लगी।

दादी इस तरह से चिपट पड़ी थी कि मेरा भी मन भर आया था।

दादी के बीना दादा कहीं भी अकेले नहीं गए जहां भी जाते हमेशा साथ ही जाते। दादी भी तो उन्हें इस उम्र में कभी अकेला भेजती ही नहीं थी और आज उसे लग रहा हो ...।

सबके साथ मिलने पर मैंने अंदर कमरे में झांक कर देखा ... दादा सो रहे थे, नाक में ऑक्सीजन की पाइपें बैड पीछे से थोड़ा सीधा ऊपर किए हुए ... बड़े आराम से आंखें बंद किए हुए सो रहे थे। मैंने उनके पांव स्पर्श किए, दोनों हाथ जोड़ कर नमस्कार किया और बाहर की ओर मुड़ा ...

''बाबू ...'' दादू की आवाज मेरे कानों में पड़ी। जब से मैं नौकरी पर लगा था तो दादू मुझे बाबू के नाम से पुकारने लगे थे ... दलीप कुमार के गाने के अंदाज में ... 'मैं तो साहब बन गया, देख मेरा टोपा ....'

मैंने तुरन्त पीछे मुड़ा देखा तो दादू उसी तरह से मौन, आंखें बंद ... अरे मुझे क्या आभास हो रहा है ... मैंने एक बार फिर नमस्कार किया और बाहर की ओर एक कदम ही रखा था फिर वही आवाज ... 'बाबू ...'

मैंने फिर पीछे मुड़ कर देखा दादू उसी तरह से ... अरे मुझे क्या हो रहा है इतने देर में दादी, पापा, चाचु, मम्मी सब अंदर आ गए। सब चुप थे, जानना चाह रहे थे कि क्या होने जा रहा है। तभी दादी ने अपने ओंठ पर उंगली रख कर चुप रहने का इशारा किया। हम सब बाहर जाने लगे तो फिर वही आवाज,

''बाबू ...''

अब तो सबने सुना था सबने पीछे मुड़ कर देखा ...

''अरे बाबू ...'' और दादू जोर से हंसने लगे,

''तुम क्या सोचते हो मुझे कुछ पता नहीं चलता ... बाबू और छोटू की तो मैं सांस भी पहचानता हूं ...''

''अरे इस समय तो सब्र करो ...'' और सब दादू के साथ हंसने लगे ... दादू तो बड़े खुल कर हंसने लगे जैसे उन्हें कुछ हुआ ही नहीं ...।

मैं दादू के पास गया, दादू ने मुझे गले लगाया। मैं पल में ही भूल गया था कि दादू की एंट्री सीन में हमेशा ही नए अंदाज से होती है। मैं दादू के साथ अब खूब हंसा और दादू भी बीमारी बूमारी सब भूल गए। सब हंसी से बातें करने लगे, महौल एक

दम बदल गया। यही तो खूबी है मेरे दादू में ... हर पल को वे जीना जानते हैं।

"अब मैं बहुत खुश हूं ... जल्दी से पता कर कि छोटा कहां पहुंचा।" दादू छोटे को याद करने लगे।

"दादू आपको ..."

"मुझे सब पता होता है इसलिए मैं दादू हूं ..." और हंसी का ठहाका ...

"आप आराम करो न ..." दादी बोली।

"मैं क्या खेत खोद रहा हूं ..." फिर वही हंसी।

"यार तूं यहां बैठ ... " बैड पर बैठने का इशारा किया और आगे बोले,

"अच्छा आज एक स्पीकर का इंतजाम कर रखना .. घर में बॉस का स्पीकर पड़ा है मंगवा लेना आज मस्ती करेंगे ... छोटा भी पहुंचने वाला है।"

तभी डॉक्टर राऊंड पर आ गया हम बाहर निकल आए।

दादू की फरमाईश पूरी न हो तो वे नराज इस तरह से होते हैं कि किसी को कुछ नहीं बोलते और चुप हो जाते हैं। बिलकुल मेरे बचपन की तरह, किसी से न बोलना न किसी से कोई ... सब बंद। पापा को सब पता है इसलिए उन्होंने बाजार से ही एक नया स्पीकर मंगवा लिया।

मैंने कहा,

"आपने नया स्पीकर ही मंगवा लिया ..."

"हां क्योंकि तेरे दादा को पता नहीं कि वे चंडीगढ़ के अस्पताल में हें या अपने ही बाजार के किसी अस्पताल में हैं ..."

डॉक्टर देख कर बाहर आया तो मैंने पूछा, "डॉक्टर मरीज कैसे हैं ..."

"वडरफुल ... ही इज़ प्रोगैसिंग ... ही इज़ सो हैपी टूडे ... बट डोंट डिस्टरब हिम ...रेस्ट ...चाहिए इन्हें ... ओ के ..." कह कर डॉक्टर चला गया।

तभी पापा ने दादी के साथ कैंटिन में भेज दिया कुछ खाने पीने को। कैंटीन में दादी उनके किस्से सुनाती भी रही और रूमाल से अपनी आंखें भी पोंछती रही। मैं भी दादी के किस्सों के साथ दादा के पुरानी बातें याद करने लग गया। मेरा भी रूमाल पैंट की जेब से निकल पड़ा। लोग हमें देखने लगे थे। यहां कैंटीन में जितने भी बैठे थे सबके कुछ न कुछ किस्से थे, सब अपना दुख दर्द एक दूसरे को बांट रहे थे। यह स्थल ही ऐसा है जहां मंदिर से अधिक एक दूसरे के साथ सहानुभूति जागृत होती है। सब पीड़ित लगते हैं, सबकी कुछ न कुछ कहानियां होती हैं।

बस मैं भी दादी के साथ उनकी पीड़ा में शरीक हो गया और हम फिर कमरे की ओर चल पड़े।

अरे छोटा भी पहुंच गया उसके साथ मेरी फैंयसी अनुराधा वह भी आ पहुंची। आज के तारीख में दुनियां कितनी छोटी हो गई है यह आज ही मुझे पता चला। एक तरफ दुनिया इतनी छोटी और दूसरी ओर हमारे परिवार का प्यार, जुड़ाव जो आज कहीं भी देखने को नहीं मिलता। मुझे अपने परिवार पर गर्व होने लगा।

अनुराधा को देख दादी भी खुश हो गई। उसके चेहरे पर मैंने मुस्कराहट देखी। वह छोटे से और उससे मिले तो उसकी आंखे फिर भर आईं। दोनों को अपनी बाहों में भर लिया। मैं दादी को अच्छी तरह से देख रहा था क्योंकि उसका मुंह मेरी ओर था उसकी आंखों में बरसात जैसे बादल उमड़ने लगे थे। सोचने लगा कि दर्द भी क्या होता है, खुशी की अपेक्षा तो दर्द से सारा परिचार एक दूसरे से बंध जाता है, मजबूत होता है।

पहुंचते ही दादा के कमरे में झांक कर देखा तो दादा सो रहे थे। मैं कमरा बंद करके धीरे से बाहर आने लगा तो मुझे आभास होने लगा कि पीछे से किसी ने खैंच लिया हो मेरा कमीज़ का कालर पकड़ लिया हो,

''बाबू ...''

मैंने मुड़ कर देखा तो दादू उसी अंदाज़ में आंख बंद करके आवाज लगा रहे थे। मैं झट सा उनके पास गया। तो वे धीरे से बोले,

''छो ... टा ... आ गया न ... बाहर क्यों खड़ा है ...''

मुझे आश्चर्य होता है कि उन्हें कैसे सब मालूम हो जाता है। मेरे दादू ... उनके तार सब उससे तो नहीं जुड़े हैं। हम अपने दादू को यूं ही समझते रहे हैं मेरा दादू महान है ... सोचते हुए मैंने छोटे को पकड़ कर दादू के सामने खड़ा किया तो उन्होंने पीछे खड़ी अनुराधा पर नजर डाली और मुस्करा दिए ...

''अरे ... अरे आप क्या कर रहे हैं ... डॉक्टर ने आपको ...'' दादी पीछे बोलने लगी तो मैने देखा दादू बैड पर उठ कर बैठ गए हैं नाक में ऑक्सीजन के पाईप ..... अरे मेरे दादू का कोई सानी नहीं .....

''आप लेट जाओ ...'' दादी फिर गूस्से से बोली।

''तूने स्पीकर लाया है ?'' दादू ने पूछा। दादी की बातों पर कोई ध्यान नहीं दिया, पापा की ओर इशारा करके पूछा।

''हां हां अभी आता ही होगा।'' पापा ने कहा।

''आज सारा इंतजाम हो जाना चाहिए हमारी बिटिया भी हमसे मिलने मुम्बई से आ पहुंची है। आई एम दा किंग ... आई एम प्राउड ऑफ यू .... आई विल एनजाए

टू डे ...... '' अरे वे हाथ उठा उठा कर बोलने लगे जैसे किसी नाटक में कोई पार्ट कर रहे हो .....

तभी दादी की डांट ....

''अरे नहीं सूनुंगा आज मैं तेरी, आज मैं एनॅजाए करूंगा जीवन का हर पल को जिना सिखो ... फिर वह पल मिले या न मिले क्या मालूम ?''

नाक में ऑक्सजन की पाइप को ठीक करते हुए आगे पापा की ओर बोले,

''अरे खड़ा खड़ा तूं क्या देख रहा है मेरी ओर। तूने स्पीकर का इंतजाम किया ...''

पापा की ओर इशारा कर वे उनसे फिर पूछने लगे थे ... तभी दादी की ओर देख चुप हो गए या वे थक गए पीछे की ओर लेट गए। दादी ने पापा को बैड के पीछले हिस्से को खड़ा करने के लिए कहा।

दादा जैसे थक गए थे, मन तो उनका जवान रहा ही है हमेशा परन्तु शरीर साथ छोड़ने लगा था। नाक में ऑक्सीजन का पाईप लगे बैड पर ठासना मार कर लेट गए।

हम बाहर जाने लगे तो, ''अरे कहां जा रहे हो ... कुछ नहीं हुआ है मुझे मैं तो गाने के बारे सोच रहा हूं जो स्पीकर में बजाना है ... छोटे की फिल्म का गाना क्या है हनी सिंह ने गाया है ... कहां है तेरा चाचु ... उसे पूछो क्या गाना है ...''

''मोबाइल से निकालता हूं ... ए हॉनी सिंह ... पियरड पुरानी ... '' चाचु के मोबाइल से गाने का रीदम बजने लगा।

दादा खुश हुए बोले,

''बस मुझे यही चाहिए ...''

चाचु ने अपने मोबाइल से अपनी फिल्म का गाना सुना दिया।

''अरे क्या बात है आज तो मैं शहनशाह हो गया हूं ...''

पापा उसी समय स्पीकर ले आए। स्पीकर पर नजर पड़ते ही दादा जी की जैसे वांछे ही खिल गई,

''लाओ ... लाओ ... सब को बुलाओ ... जल्दी करो ...''

चाचु ने मोबाइल से गाना लगाया ही तो दादू ... अपनी ऑक्सीजन के पाइप की परवाह न मारते हुए झूमने लगे। गाने का रीदम ही ऐसा था सब नाचने पर मजबूर होने लगे। दादी साऊंड कम करने के लिए बोलती रही दादा साऊंड के लिए बोलते रहे दादा बिस्तर पर ही झूमने लगे नाक में पाइप हाथ गाने की रीदम के साथ हरकत में थे एक ओर मैं दूसरी ओर छोटा ... सब मस्त पापा भी नाचने लगे चाचु की फिल्म का गाना वे भी झूमने लगे साऊंड बाहर जाने लगा तो अस्पताल का स्टाफ नर्से देख देख आने लगे और मुस्काने लगे।

इस समय सारा कमरा रंगमय हो गया था। मस्ती का आलम चारों ओर था। दादी एक ओर खड़े होकर डरने लगी थी वह कुछ नहीं बोल पा रही थी। दादी को लग रहा था कि अस्पताल में इस तरह से ठीक नहीं है दूसरे भी मरीज होते हैं .... भले ही हमारा प्राइवेट रूम है ... दादी परेशान और इधर ...

कमरे से बाहर संगीत की ध्वनी दूसरी ओर पहुंचने लगी तो कुछ नाराज होकर तो कुछ तमाशा देखने इकट्ठे होने लगे। जो भी आता दादा के नाक में ऑक्सीजन की पाइप देख और उनका मस्त होकर बैड पर गाने के साथ नृत्य सबको लूभावने लगा था। गाना अंतिम पड़ाव में था मस्ती सबसे ऊपर के पड़ाव में थी। ऐसा लगने लगा था कि कश्मीर के बारे शाहंजहा ने जो कहा है, ' गर फिरदौस बर रूए जमीं अस्त, हमीं अस्त, हमी अस्त, हमी अस्त'

और इधर गाना बंद उधर दादा विस्तर पर धड़ाम ... सब रूक गया जैसे किसी फिल्म डारेक्टर ने 'कट' कह दिया हो ... एक दम शांत ... कोई हरकत नहीं ... जैसे सब थम गया हो।

अरे क्या हो गया दादा को । दादा को देख सब चुप ... दादा वहीं जड़वत ... चारों ओर जैसे सन्नाटा ..... तभी डॉक्टर जो संगीत का आनंद ले रहा था ... दादा के पास जाता है स्टैथोस्कोप से छाती देखता है .... आक्सीजन की पाइप नाक से निकलता है .... दादा की आंखें बंद करता है .....

''ही इज़ नो मोर ...'' कह कर बाहर चला जाता है।

तभी दादी से एक चीख निकलती है ... और हम सब देखते रहे ... कारवां गुजर गया ...।

हर पल को कैसे जिना है दादा सिखा गए ... आज जब हम कभी भी स्ट्रैस में होते हैं तो दादा को याद करते है ... उनका संदेश, 'हर पल को जिना है' याद आ जाने के साथ आंखें भर आतीं हैं माई दादा इज़ ग्रेट।

आज दादा की पून्य वर्षी है मैं और अनुराधा दादा को जूह की रेत पर बैठे सामने सूरज को अथाह जल राशी में डूबते देख याद कर रहे हैं।

7.सुंदरता वर्सिज असुंदरता

एयर इंडिया की फ्लाईट न. 9/819 कोलकाता से मुम्बई बोर्डिंग के लिए अनाउंस हो चुका था। सभी यात्री डीपार्टिंग गेट के पास इकट्ठे होने लगे। लम्बी लाइन देख मैं एक किनारे के खाली पड़ी बैंच की कुर्सी पर बैठी गई। बैठी क्या रही मैं अपने में खोई हुई थी दिमाग में बॉयफ्रैंड की कुछ यादें घर कर गई थीं। यादें बहुत मधुर लग रही थीं। बॉयफ्रैंड भी क्या होता है कभी कभी दिमाग से ही नहीं हटता है, दिमाग में इस तरह से घर कर लेता है कि दूसरी बातें को सोचने के लिए मौका ही नहीं मिलता। बस मैं भी इन्हीं मधुर यादों को लिए तीन कुर्सियों वाले बैंच पर अकेली ही बैठी मन ही मन भाव विभोर होने लगी। लाइन को छोटा होने का इंतजार तो करने लगी ही थी दिमाग में बॉयफ्रैंड की यादें साथ थीं तो समय अच्छी तरह से पास भी होने लगा था।

उसी बैंच पर एक खूबसूरत लड़का आ कर बैठ गया। मेरा ध्यान उस और इसलिए भी गया क्योंकि उसने बहुत आकर्षक सैंट लगा रखा था। हो सकता है वह सैंट की सुगंध मेरे को सुंघाना चाहता हो।

"बहुत लम्बी लाइन है ..."

लड़का बैठते हुए अपने में बुड़बुडाया। साफ जाहिर था कि वह मेरे बैंच पर बैठने की जस्टीफिकेशन देना चाहता हो परन्तु उसकी जस्टीफिकेशन ने मेरा ध्यान उसकी ओर कर लिया था। उसके बुड़बुड़ाने से मैंने भी उसकी ओर तिरछी नजर डाली। देखा, तो वह भी मेरी ओर तिरछी नजर डाल रहा था। उस ऊपर वाले ने नर-नारी की संरचना करके एक परोपकार तो किया ही है समाज को जुड़ने का साधन भी तैयार कर लिया है, एक दूसरे के लिए आकर्षण भी पैदा कर लिया है। जान पहचान हो या नहीं कहीं न कहीं हम एक दूसरे को देखने के लिए ललाइत तो रहते ही हैं।

तभी मुझे अपने मित्र की याद आ गई। वह बाहर तक मुझे छोड़ने आया था। आज सुबह से ही वह एक गाने का आलाप बार बार कर रहा था, 'आज जाने की ज़िद न

करो ...' बहुत सुन्दर स्वरों में गाने लगा था। मैं उसके गाने से भावुक हो उठी थी। बड़ी देर तक वह मेरा हाथ पकड़े रहा। उसका हाथ पकड़ना मुझे अच्छा लगने लगा था। उसके हाव-भाव लग रहे थे कि वह मुझे अपने बाजुओं में भींचना चाह रहा था। मुझे उसकी हर हरकत का आभास होने लगा था और मैं भी उसकी ओर खिंचती चली गई। तभी ओला के डराइवर की कॉल आ गई। मैंने अपने को संभाला और हम दोनों टैक्सी की ओर चलने लगे।

अच्छा हुआ टैक्सी ने आज मुझे बचा लिया। जानती हूं एक बार फिसली तो आगे का रास्ता फिसलन का ही रहता है और इस फिसलन से एक बारी गिरी तो संभलने का नाम नहीं। आधुनिकता ने लड़की और लड़के की मित्रता का जो कानसैप्ट दिया है सब छलावा है, दुनियां को ठगने का एक आवरण मात्र है। मुझे धीरे धीरे समझ आने लगा कि जीवन की वास्तविकता कुछ और ही है, यह तो एक मन बहलाने को ख्याल अच्छा है, मैं अपने को संभाल कर चली आई थी। यह शारीरिक झुकाव ही ऐसा है कि अभी भी आकर्षण का जाल बना ही है। समाज के नियम में आज का नौजवान बंधना नहीं चाहता। आज समाज फिर से उस स्थिति की ओर बढ़ने लगा है जब समाज में परिवार की व्यवस्था नहीं थी। वृहदारण्यक, छांदोग्य उपनिषदों के ऋषि - श्वेतकेतु की बात याद हो आई, जब एक काम ग्रस्त ब्राहम्ण उनकी माता को काम क्रीड़ा के लिए साथ ले गया तो उन्हें बुरा लगा और उन्होंने स्त्री-पुरूष के साथ रहने की नियमावली बना दी जो विवाह संस्था कहलाई। यह परिवार की इकाई का जन्म था। इस इकाई को संसार की सभी सभ्यताओं ने अपनाया। यह इकाई इतनी सशक्त हो गई कि जो इस रेखा से बाहर जाने का साहस करता उसे दंडित किया जाने लगा। इस इकाई की मान्यता कितने हजारों सालों से चला आ रही है। बीच बीच में प्राचीन समय से ही कामग्रस्त राक्षस इस रेखा को लांघते रहे हैं और नारी को ही सब भोगना पड़ता रहा है, वह बात अलग है। हर युग में सशक्त मानव ने रेखा का उल्लंघन किया है चाहे वह देवताओं के राजा इंद्र हो या कोई और हो।

आज आधुनिकता के नाम पर यह टूटन के कगार पर है। मैं स्वयं बहकने लगी थी। शरीर की भी एक रिक्वायरमैंट होती है लेकिन समाज की भी अपनी सीमाएं होती हैं, जो सभ्यता के क्षेत्र में आती है। आज तो राजा रंक सब बराबर ही समझ रहे हैं, इसलिए प्रतिदिन कई घटनाएं सामने आने लगी हैं।

मैं बैठे बैठे क्या से क्या सोचने लगी, सामने देखा तो लाइन खत्म होने को आ रही थी मैं उठी तो साथ में बैठा लड़का भी उठा और पंक्ति में मेरे पीछे खड़ा हो गया। उसकी सैंट की खुशबु से वातावरण सुगंधमय हो रहा था। उसकी सोच शायद यह रही

होगी कि सैंट से लड़कियां आकर्षित होतीं हैं, होती भी होंगी क्योंकि सैंट ने मेरा ध्यान भी तो उसकी ओर खींचा था।

आगे एयर इंडिया की बस खड़ी थी सब उसी में बैठने लगे। मैं सबसे लेट बस पर चढ़ी थी इसलिए खड़ा होना पड़ा। वह लड़का मेरे पीछे खड़ा हो गया। अब मुझे लगा कि वह मेरे से चिपका रहना चाहता है। मेरे साथ ही खड़े होना, मेरे साथ वाले बैंच पर बैठना, अंदर जहाज़ में कहीं उसकी सीट मेरे साथ तो नहीं। मुझे अब यह आभास होने लगा था। अब मुझे उस लड़के से सतर्क रहना पड़ रहा था। आज मुझे मालूम पड़ रहा था कि लड़की को खूबसूरत नहीं होना चाहिए। लड़की अपने को आईने के सामने बार बार क्यों निहारती रहती है। अपने को कई कोणों से देखती रहती है कभी अपने बालों को आगे कभी पीछे, कई ठंग से अपनी सुंदरता को चार चांद लगाने लगती है। कभी यह नहीं सोचा कि सुंदरता उसे दूसरों की हवस का शिकार बना सकती है। यह लड़का तभी तो मेरे आगे पीछे पड़ा है। वाह रे काम देव !

खड़े खड़े ख्याल आया कि आज जो समाज में आए दिन बलात्कार होने जा रहे हैं वे क्या इसी का ही कारण तो नहीं। लड़कियां विभिन्न प्रकार से अपने को संवार कर सड़क में क्यों उतरती है, इसी लिए कि उसके कितने दीवाने पीछे लगने वाले हैं। हो सकता है मैं यहां पर गलत हूं क्योंकि आजकल तो तीन साल की बच्चियों से लेकर दस ग्यारह साल की लड़कियों के साथ ...। अरे क्या होता जा रहा है आज के युवा को। क्या वे बेकार है ? क्या वे किसी धर्म के ठेकेदारों से संचालित हैं ? क्या वे अपनी मान मर्यादा सब त्याग चुके हैं ? या काम का राक्षस उनके जहन में घुस तो नहीं गया।

आज मेरे दिमाग में बड़े अजीब से प्रश्न क्यों उठने शुरू हो गए हैं ? क्या मेरे उस बॉयफ्रैंड का असर अभी भी है। यह बॉयफ्रैंड का चक्कर ही खराब है। कब तक लड़का लड़की आपस में इस गाथा से बच सकते हैं ? आग के आगे घी पिघलेगा ही न। मां घर से अकेली नहीं जाने देती थी। जाए भी तो कोई साथ होना चाहिए, सर पर चुन्नी होनी चाहिए, सीधे जाइए और काम करके सीधे घर आ जाओ। मां कहती थी अपनी रक्षा अपने आप करनी पड़ती है, बाहर गिद्ध बैठे होते है उनका काम ही शिकार की खोज में रहना है। आज सोच रही हूं कि मां ठीक ही बोलती थीं।

मैं अपनी सीट 13 ई के पास पहुंच गई। 13एफ पर एक नौजवान बैठा था। सोचने लगी कि जो लड़का मेरे पीछे आ रहा है 13 की तीसरी सीट उसकी तो नहीं परन्तु वह तो दूसरी जगह चला गया। उससे तो पीछा छूटा परन्तु यहां भी तो एक हृष्ट-पुष्ट नौजवान बैठा बाहर की ओर देख रहा था। ज्यों ही मैं अपनी सीट के पास पहुंची तो उसने मेरी ओर अपना मुंह क्या किया मेरे से एक बहुत बड़ी चीख निकल पड़ी,

" उई..."

और मेरा हैंड बैग वहीं पर छूट जाता है मैं पीछे की ओर रास्तें में खड़े लोगों को धक्का देकर भागने जैसे लग गई। सारी सवारियां मेरी ओर देखने लग गई। सभी यात्री जहां भी थे सब चुप मेरे ओर देखने लगे। सारे पलेन में सन्नाटा छा गया। केवल मैं ही चिल्ला रही थी। वही लड़का जो मेरे पीछे पीछे आ रहा था जल्दी से यात्रियों को हटाता हुआ फिल्मी हीरो की भांति मेरे पास आ पहुंचा,

"मैडम व्हट इज़ दा रांग विद यू ?"

'वो ...आई हेट ...वो ...सी देयर ..."

उसने सीट न. 13 एफ पर बैठे जवान की ओर देखा। उसका चेहरा वीभत्सता की परिकाष्ठा से परिपूर्ण, डरावना लग रहा था। चेहरा ऐसा था कि अगर वह युवा रात को किसी को मिल जाए तो वह बच नहीं सकता। सारा चेहरा जला जैसा लग रहा था, जले के निशान से युक्त, केवल आंखे ही चेहरे पर लग रही थी, यदि रात होती तो आंखे ही दिखाई देती। एक दम डरावना, भयभीत दृश्य !

युवक ने देखा तो लगा कि वह भी पहले देखते ही सहम गया था, फिर अपने को संभालते हुए वह कुछ उस जवान को कहने का हौंसला जुटाते हुए बोला,

"क्या आप अपनी सीट बदल सकते हैं ?"

उस जवान ने युवक की ओर देखा, मुस्कराया, और कुछ न बोला। जवान जब मुस्कुरा रहा था तो आस पास वाले भी उसकी ओर देखने लगे। उन्हें भी उसके चेहरे को देख कुछ डर का आभास सा होने लगा था। जब उस जवान ने कोई उत्तर नहीं दिया केवल मुस्कराया भर ही, तो लगा कि युवक उससे दूसरा प्रश्न पूछने का हौंसला नहीं जुटा पाया। उस जवान का चेहरा वीभत्स होने पर भी उसका व्यक्तित्व इस तरह से दूसरों को प्रभावित कर रहा था कि किसी यात्री को भी उससे कुछ पूछने की हिम्मत नहीं हो पा रही थी। और इधर मैं हगामें पर हगामा किए जा रही थी। मैं वास्तव में उसके पास ही नहीं बैठ सकती थी। दूसरे किसी भी यात्री ने भी मेरे साथ सीट बदलने की हिम्मत नहीं दिखाई। अपनी सीट पर बैठने के बदले तो मैं सच में प्लेन से नीचे कूदना पंसद करूगी परन्तु वहां नहीं बैठूंगी।

मेरा शोर, हगामा देख एयर होस्टेस आ गई,

" व्हट इस रांग विद यू मैंम ?"

" आई कांट सिट बिसाइड दिस जैंटलमैंन। आई एम अफरेड टू सिट हीयर। काईंडली चेंज माई सीट प्लीज़ .... "

"मैंम वी कांट डू एनी थिंग ... यू कैन अरैंज एट युवर लेवल।"

"मुझे बिजनैस क्लास की सीट पर भेज दो .... खाली पड़ी है ..."

"यू हैव टू पे फार दैट ।"

"नो आई कांट, आप जहाज में राक्षस को बिठाओ और फिर हमें कहो कि सीट बदलने के पैसे दो ... क्यों ?"

मैं बहसती गई। सब मेरी ओर देखते गए। कुछ युवा मेरे साथ सहमत थे तो कुछ अधेड़ यात्री असहमत थे, कुछ जहाज को देरी कराने के लिए मुझे दोषी ठहराने लगे आदि आदि विभिन्न विचार सामने आने लगे। लेकिन जवान चुप और शांत रहा, मुस्काता रहा।

तभी एयर होस्टैस ने सब यात्रियों से प्रार्थना करते हुए सभी से अपने अपने स्थान पर बैठने का आग्रह किया। मैं भी अपनी सीट पर जवान की ओर पीठ करके बैठ गई। मैं तो प्रोटैस्ट करके बैठी।

"मेरा समाधान करें नहीं तो मैं प्लेन को जाने नहीं दूंगी।"

एयर होस्टैस पायलेट के केबिन में गई। पायलेट ने सब बात सुनी। पायलेट को मालूम था कि 13 एफ में कौन जवान बैठा है। विचार विमर्श चलता रहा। तभी पायलेट की अनाउंसमैंट सुनाई दी,

"मेरे साथ प्लेन में बैठे आदरणीय यात्रियो, मुझे बड़ा दुख हो रहा है कि बैठने के लिए एक महिला यात्री ने हगामा कर दिया। आप सबको इसके साथ जो कष्ट उठाना पड़ा है उसके लिए मैं आप सबसे माफी मांगता हूं।

आपको यह जानकर खुशी का ठिकाना नहीं रहेगा कि 13 एफ में जो जवान जिसके कारण यह सब हंगामा एक महिला ने किया है मेजर विक्रम सिंह हैं। देश की सीमा की रक्षा करते हुए कश्मीर की सीमा पर पाकिस्तान की फौज द्वारा एक शक्तिशाली बंम को तबाह करने के लिए अपनी जान की परवाह न करते हुए बम को डिफ्यूज़ करने के लिए जब मेजर बंम को एक ओर करने जा रहे थे तो वह फट गया। उससे इनका सारा मुंह जल गया और वे बाल बाल बच गए। अगर वह बम डिफ्यूज़ नहीं किया जाता तो हमारे दर्जन सैनिक और दो परिवार सबके सब मारे जाते। आज उन्हें अस्पताल से छुट्टी हुई है और वे अपने घर जा रहे हैं। हम सबको उनके कारनामें के लिए अपने स्थान पर खड़े होकर उनके शौर्य के लिए तालियों से उनका स्वागत करना चाहिए..."

पायलेट अभी बोल ही रहा था कि सब खड़े होकर तालियां बजाते हुए मेजर का स्वागत करने लगे तो मेजर भी खड़े होकर सबका अभिवादन करने लगे। मैं बहुत शर्मिंदा होने लगी थी। मैं भी धीरे धीरे खड़ी हो गई और तालियां बजाने लगी।

तभी एक एयर होस्टैस आई और हमारे पास खड़े होकर कहने लगी, " आपके लिए बिज़नैस क्लास की सीट खाली है चलिए आप वहां चलिए "

मैंने सोचा कि वह मुझे कह रही है मैने अपना बैग तुरंत उठा लिया।

"सारी मैडम आप नहीं मैं मेजर विक्रम से प्रार्थना कर रही हूं।"

मैं एक बार फिर से शर्मिंदा हुई।

"मैडम आप जाईए आप उस सीट पर बैठिए ..." मेजर ने कहा।

"नहीं नहीं आप ही उस सीट पर बैठ सकते हैं यह महिला नहीं .. " एयर हॉस्टैस ने कहा।

तभी मैंने देखा कि वह छोरा जो मेरे आगे पीछे हो रहा था वह भी नजरें चुराने लगा था और मैं अपनी सीट पर धराशायी जड़वत बैठी एयर प्लेन की उड़ान भरने का इंतजार करने लगी थी।

सभी यात्री जो मेरा साथ दे रहे थे मेजर के लिए तालियां बजाने लगे थे, मेरी ओर घृणा से देखने लगे और मैं अपने को शर्मिंदा महसूस करने लगी थी। सोचने लगी कि मेरे जैसा गिरा हुआ इनसान कोई नहीं हो सकता, जो चमड़े की क्षणभंगुर सुंदरता को प्राथमिकता देता है , आदमी के कर्मों को नजरादाज़ करने लगी थी। अपने को कोसने लगी, मुझे कुछ-कुछ होने लगा।

मेजर ने अपना हैंड बैग उठाया और अपना कदम आगे जाने के लिए उठाया ही था कि मेरा हाथ अनायास ही उसके हाथ को पकड़ लेता है। हमारी नजरें आपस में चार होतीं हैं, मेजर मुस्कुरा रहा था। मेरी नजरे उसे यहीं पर बैठने के लिए आग्रह कर रही थी,

"आई एम सो सॉरी ...मुझे आज मालुम हुआ कि वास्तविक सुन्दरता कहां है ...आई एम सो सॉरी मेजर ...।"

" इट इज़ ओ के, आई रिस्पैक्ट यू, बट आई कांट सिट हियर ..."

मेजर ने मेरा हाथ बड़े आदरपूर्वक हटा दिया और आगे की ओर बढ़ गए।

अभी तक तालियां बज ही रही थी कि यात्रियों को अपनी अपनी कमर की पेटी बांधने की अनांउस मैंट कानों में पड़ने लगी और धीरे धीरे तालियां बंद हो चली थी। मैं खिसयानी सी अपने को कोसती अपनी सीट पर दुबक गई थी, कभी कभी मेजर को कनखियों से देखती भी रही।

8.मैं और मेरे दोस्त

दोस्त, मान सिंह, कासिम,जॉन और मैं जब सुबह सैर करते मिलते हैं तो हमारे अंदर एक नए जीवन का संचार होने लगता है। कभी बचपन के छुटमुट किस्से याद आ जाते हैं तो कभी अपने दुख दर्द के किस्से एक दूसरे के सामने रख कर मन हल्का करने लगते हैं। कुछ भी हो अगर किसी के घर में कोई छोटी मोटी बात हो भी जाए तो यहां आकर एक दूसरे के साथ शेयर करते ही अच्छी हुई तो याद रखते हैं अगर पीड़ादायक हुई तो हम सब भूल जाते हैं और हंसते, ठहाके मारते हुए बचपन को साथ लिए मस्ती के आलम में चलने लगते हैं।

दूसरे बहुत से लोग भी जो सुबह की सैर करने का शौक रखते हैं हमारी चारों की जुंडली को देख कर खुश जरूर होते होंगे। यह शब्द खुश होने का मैं इसलिए कह रहा हूं कि आरम्भ में जब से हमने सैर करना शुरू की थी तो कोई हमारी ओर देखता नहीं था। नहीं देखता तो न सही हम भी तो हम थे। हमारे आगे तो वे सब एक आध को छोड़कर बच्चे ही थे। इसलिए हम किसी की ओर देखते ही नहीं थे। बस उसी तरह से 'चाहे कोई हमें कुछ कहे, गालियां हजार दे मस्त राम बनके जिंदगी के दिन गुजार दे' की तर्ज पर हम चलते रहे। हम चुप तो रहते ही नहीं थे अपने अपने किस्से एक दूसरे को सुनाना जो शुरू करते और उस पर जोर जोर का ठहाका जब लगता तो जो आस पास चले होते हमारी ओर देखते अवश्य और एक छोटी सी मुस्कान हमारी ओर डाल अवश्य देते थे।

'चढ़ी जवानी बूढ़े नू' की बात हमारे कानों में जरूर पड़ती, यह शब्द कानों के द्वार पर पहुंचते ही हमारी रगों में खून के संचारन में तेजी आने लगती और हम और अधिक मस्त तो होते ही हमारे मुंह से सीटिंयां बजने लगती। सीटिंयां भी इस तरह से बजती जैसे किसी बारात का बैंड बाजा बजाने वाले बरातियों को मस्ती करा रहे होते हैं। पूरा वचपन लेकर चलते है। कुछ लोग कभी यह भी कहते,

'पागल हैं सब बूढे'

'इतने पागल तो बच्चे भी नहीं होते'

यह सुन कर हम और पागल हो जाते और लाफिंग क्लब की तरह खूब जोर से हंसते। इसका प्रभाव यह होता कि लोग जो हमें इस स्थिति में देखते अपनी हंसी भी नहीं रोक पाते।

अब एक एक दोस्त की बातों के कुछ अंश जो हम एक दूसरे के साथ बांटते थे यहां शेयर करने जा रहा हूं।

पहला दोस्त मान सिंह,

फौज से रिटायर कर्नल, उसे रिटायर हुए भी अब पदंरह वर्ष से ऊपर होने लगे हैं। बड़ी बड़ी मूंछे और जब मूंछों पर सफेद चादर छाने लगी तो मिलट्री का कैमोफलैज काम आया, हर संडे को काले रंग की परत से सफेद मूंछों को कैमोफलैज कर लेता। कर्नल को अपनी मूंछों से प्यार बहुत था। सुबह उठते ही पहली नजर शीशे में मूंछों पर ही डालते और फिर सुबह सैर के लिए निकलते हुए या यूं कहा जाए कि घर से निकलने से पहले ही वह मूंछों को हल्का सा फिक्सो लगाना नहीं भूलते। फिक्सो लगाते ही मूंछें इस तरह से अकड़ जाती जैसे कोई संतरी ड्यूटी पर तैनात हो। शीशे के आगे खड़े होकर मूंछों के कुंडल को बनाता रहता था। अब तो उसकी एक आदत सी बन गई थी, हाथों से मूछों का कुंडल बनाने के लिए हमेशा ही उन्हें मरोड़ने में लगे रहते थे। जब तक वह शीशे के आगे अपनी मूंछों के कुंडल को देख नहीं लेता और शीशे के आगे दो चार मरोड़े नहीं लगा लेता तब तक वह घर से बाहर निकलता ही नहीं था। कर्नल की पत्नी यह सब रोज देखती और नाक भौं सकोड़ कर अपने मुंह से झटका जरूर मारती। उसे यह मूंछे अच्छी लगती ही नहीं थी। वह तो कहती रहती थी,

"दुश्मन मूंछे नहीं देखता वह गोली देखता है।"

"तुम क्या जानों मूंछों के बारे में ..."

कर्नल को अपनी पत्नी की बात तो बुरी लगती परन्तु क्या करे उसके आगे तो गन भी मात खा जाती है मूछों की बात ही क्या है।

इन्हीं मूंछों को देखते हुए आस पास के बच्चे क्या बड़े भी उन्हें मुछंदर नाथ कह कर ही पुकारते थे। इतना जरूर है कि आज तक उसके सामने मुछंदर नाथ किसी ने नहीं कहा। हो सकता है इन्हीं मूछों के डर के कारण ही किसी की हिम्मत नहीं होती कि सामने से मुछंदर नाथ कह दे। सामने से लोग उसे कर्नल साहब ही पुकारते। बच्चे उन्हें स्लूट मारते तो साहब खुश हो जाते और बच्चों को टॉफियां मिल जाती। अब तो बच्चे ज्यों ही कर्नल दिखाई दिया नहीं कि बच्चों ने स्लूट मारी नहीं।

लोगों की बात तो छोड़िए हम साथियों में से भी किसी ने उसे कभी मुछंदर नाथ कह कर नहीं पुकारा, जबकि वह इस नाम के बारे में अच्छी तरह से जानता था। यह नाम भी तो उसकी पत्नी ने ही सबसे पहले दिया था। घर में कभी दोनों का झगड़ा क्या हुआ तो पत्नी ने बात बात बहस में, 'बड़े आए मुछंदर नाथ ...' बस उसी दिन से टिक गया नाम मुछंदर नाथ।

पहली बार जब कर्नल के कानों में यह शब्द पड़ा तो उसे लगा कि सामने से दुश्मन गोलियां दाग रहा है, नाम सुनकर बड़ा धक्का लगा। वह वहीं बैठ गया था। किसी ने आजतक उसके सामने कभी इस शब्द का प्रयोग नहीं किया था। सोचने लगा कि आज पत्नी की यह कहने में हिम्मत कैसे हुई। फौज में होता तो सामने वाले को पिट्ठू पीठ पर बंधवा कर ग्राउंड के चार चक्कर लगवा लेता परन्तु अब तो स्वयं ही पिट्ठू ...। परन्तु उसे बुरा अवश्य लगा था। पत्नी को भी महसूस हो गया कि उन्हें बुरा लगा होगा। पत्नी को तुरन्त अपनी गलती का एहसास होते ही गुस्सा न जाने कहां गायब हो गया।

और अब करे तो क्या करे उन्हीं दिनों अमिताभ की एक फिल्म आई जिसमें मूंछों पर एक डॉयलाग अमिताभ बोलता है मोहल्ले के बच्चों ने कर्नल के लिए बोलना शुरू कर दिया था, 'मूंछे हो तो नत्थु लाल सी।' और कुछ दिनों बाद ही मोहल्ले में कर्नल का नाम ही नत्थु लाल ही पड़ गया था।

उनकी पत्नी को भी जब 'नत्थु लाल ' का पता चला तो वह कर्नल को लेकर अमिताभ की फिल्म देखने ले गई थी। मुछों का सीन देख कर्नल को सब पता चल पड़ा तो वे फिल्म बीच में ही छोड़ कर चले आऐ थे।

इस घटना के बाद कर्नल को अमिताभ की फिल्मों से परहेज हो गया था। परिणाम उसने अमिताभ की फिल्में देखना ही बंद कर दी थी। नत्थु लाल का किस्सा भी बहुत दिन चला। जितने दिन फिल्म शहर के सिनेमा हॉल में रही वे 'नत्थु लाल की मूंछों वाले' के नाम से पहचाने जाने लगे थे।

कर्नल को सब पता था कि बच्चे उनको किस नाम से पुकारते हैं तो कर्नल ने बच्चों के सामने आते ही अपनी मूंछों को ताव देना शुरू कर दिया था और उनके सामने एक जोर का ठहाका मारना शुरू किया। बच्चों ने कर्नल के आते ही ' नत्थु लाल की मूंछे' बोल बोल कर ठहाका मारना आरम्भ किया तो मौहल्ले में एक सुन्दर सा हंसी मजाक का वातावरण ही बन गया था। कुछ दिन यह चलता रहा।

कर्नल बाहर तो सबके सामने अपने को खुश दिखाते थे परन्तु घर पर पहुंचते ही अपनी पत्नी को घूरते रहते थे। पत्नी उनसे नाराज रहने लगी थी। उसे उनकी नाराजगी का कारण ही समझ नहीं आता था। कई बार पत्नी ने उनसे पूछा भी परन्तु कर्नल कुछ

बताने के योग्य ही नहीं थे। पत्नी कहां मानने वाली थी। रोज की खिच खिच का कारण वह जानना चाहती थी। एक दिन पड़ौस की एक सहेली ने उसे बता ही दिया,

" बहन जी भाई साहब की मूछों का मखौल सब आस पास बच्चों से लेकर बड़े बूढ़ों तक करने लगे हैं। परन्तु ये किसी को कुछ नहीं बोलते बल्कि उल्टा उनके साथ हंसी मज़ाक करते रहते हैं।"

बस फिर क्या था मिसेज कर्नल को कर्नल के घर में नाराज रहने का कारण समझ आ गया। बस उसने अपने मन में इसका इलाज ढूंढ लिया। मन ही मन सोचने लगी आज मैं कर्नल की परेड करवाती हूं। बाहर का गुस्सा मेरे पर उतारना आज मैं इसका इलाज करती हूं।

बस फिर क्या था कर्नल के घर पहुंचते ही आज उनकी बड़ी आव-भगत होने लगी। यहां तक कि कर्नल के बूट तक मिसज कर्नल ने ही उतारे। यह बर्ताव देख कर्नल सोच में पड़ गया, 'आज तक जब मैं लड़ाई के मैदान से भी घर लौटा मेरे बूट तो खोले नहीं फिर आज क्यों ? परिणाम आज यह सब देख कर्नल का चिड़ चिड़ा पन गायब हो गया था। उसे लग रहा था कि आज सूर्य पश्चिम से कैसे निकल रहा है। उसकी समझ में नहीं आया।

आज कर्नल को गहरी नींद बहुत दिनों के बाद आई। कई सुन्दर सपने कर्नल देखता रहा। सपनों में कभी हंसता तो कभी ढाएं ढाएं करता। सुबह हुई अपनी आदत से कर्नल उठा और सीधे शीशे के आगे ...

शीशे के आगे अपनी आंखे फाड़ फाड़ कर देख रहे थे। बार बार अपना हाथ अपनी मूंछों की ओर ले जा रहा था। अब उनसे रहा नहीं गया जोर से , 'रानी ..... ' अपनी पत्नी को आवाज लगाई। राजे की रानी कर्नल की पत्नी चुपके से यह सब देख रही थी। वह सामने नहीं आ रही थी। एक आवाज और जोर से लगाई, ' रानी...'

अबके रानी ने अपने राजा की आवाज सुन तो ली परन्तु इस कड़कती आवाज से वह बहुत ही घबरा गई। सामने हाथ जोड़कर आई ...

कर्नल जैसे घर के बाहर करता आया यहां भी उसी तरह से ... हंसी का ठहाका। ठहाका इतने जोर का था कि सामने वाले फ्लैट के लोग बाहर आ गए और अपनी बॉलकोनी से झांकने लगे। रानी की नजरें भी उन पर पड़ीं। परन्तु वह बड़ी घबराई हुई थी। उसे आज लग रहा था कि आज कर्नल गुरेल्ला युद्ध करने वाले हैं। ठहाका चल रहा था। रानी ने दूसरी ओर सब लोगों को देखा तो उनके लिए सामान्य सा माहौल डरते हुए बनाने लगी और स्वयं भी जोर से हंसी का ठहाका लगाया। पड़ौसी भी शोर और ठहाका सुन कर उनके घर ही आ गए। उन दोनों को हंसते देख वे भी हंसने लगे।

और जब उनकी नजर कर्नल पर पड़ी तो उनकी हंसी का ठहाका और जोर पकड़ गया था। चारों ओर हंसी का ठहाका चलता रहा। थोड़ी देर बाद रानी ने सबको चाय पिलाई।

''कर्नल साहब, आपने बहुत अच्छा किया मूंछे काट कर। बड़ी भद्दी लगती थी। मजा आ गया। इसी बात पर आज डिनर भी आपके यहां ही।

फिर एक हंसी का जोर का ठहाका ...

और रानी का आज वचाव हो गया, रानी अपने को अब सुरक्षित समझने लगी। छुपा कर रखी हुई कैंची जिससे कर्नल की मूंछे काटी थी बिना डर के सामने रख दी।

2. आइए अब दूसरे मित्र कासिम हुसैन से मिलते हैं

नाम कासिम हुसैन उम्र 90 साल, लेकिन लगते हैं साठ साल के युवा की तरह, चेहरा लाल, जवानी का नूर झलकता, सफेद बालों ने अपने पैर पसारने की कोशिश अवश्य की है परन्तु सफलता नाम मात्र को, पैदल चलने में किसी युवा से कम नहीं, दौड़ने में बुलेट ट्रेन की तरह, सीनियर सिटीजन एशियन गेमज़ में 200 मीटर दौड़ में स्वर्ण पदक देश के नाम।

आज उनका जन्म दिन शहर की सीनियर एसोसिएशन बड़ी धूम घाम से मनाने जा रही है। इलोक्ट्रो, प्रिंट मीडिया सबको आमंत्रित किया गया है। यह हमारा मित्र सबसे अधिक खुश मिज़ाज शख्शियत है। अपने को खुश रखता है और हमें भी। इनकी पत्नी भी इसी तरह से स्वस्थ है। वह इनसे दो साल छोटी है। दोनों सारे शहर में स्वस्थ कपल के नाम से मशहूर है।

सुबह की सैर करने वाले हम सब दोस्त ठीक समय से पहले कार्यक्रम के स्थल पर पहुंच जाते हैं। सब मेहमान लगभग आ पहुंचे हैं। अब कासिम हुसैन स्वस्थ कपल का ही इंतजार है।

पंडाल खचा-खच भरा हुआ था। एसोसिएशन ने युवाओं को अधिक संख्या में बुलाया है ताकि वे इस कपल से अपने स्वास्थय के बारे में जानकारी लें। तभी कासिम जी की कार बाहर रूकी। कैमरे बार बार उनका फोटो लेने लगे। कासिम के चेहरे पर आज भी उसी तरह से चमक और मुस्कराहट खिल रही है जैसे कभी जवानी में खिलती थी। साथ में उनकी धर्मपत्नी उनके साथ बाहों में बाहें डाले किसी हीरोइन से कम नहीं लग रही थी।

पंडाल में पहुंचते ही हॉल में उपस्थित जनसमूह उनके अभिनंदन में खड़े होकर तालियां बजाकर उनका स्वागत करने लगा। कासिम अपनी पत्नी के साथ सबका अभिनंदन स्वीकार करते किसी फिल्मी जोड़े की तरह अपना हाथ हिलाते हुए मंच पर पहुंच गए।

स्थान ग्रहण करने के उपरांत उनके जीवन की कुछ झलकियों का वर्णन करते हुए उन्हें सम्मानित किया गया। और अब पत्रकारों की बारी उनसे प्रश्न पूछने की आरम्भ होती है।

एक पत्रकार ने सबसे पहले प्रश्न किया,

"सर हम सब आपके स्वास्थय का राज जानना चाहते हैं।"

कासिम के चेहरे पर एक मुस्कुराट खिल गई और फिर यही मुस्कुराहट जोर की हंसी में बदल गई जैसे वे हमारे साथ सैर करते हुए करते आए हैं। उनके अपने अंदाज़ में हंसना पंडाल में बैठे सबको अच्छा लगा और सब उनके साथ हंस दिए। कासिम सबके साथ हंसते हुए, सबको प्रणाम करते हुए बोले,

"सैर करना आदमी में सबसे बड़ा गुण है ..... स्वस्थ रहने का फार्मूला। "

"आप क्या प्रतिदिन सैर करते हैं ?" एक पत्रकार ने बीच में ही पूछ लिया।

जोर से हंसीं का ठहाका मारते हुए बोले,

"परमात्मा ने आदमी को दो टांगे दी है चलने के लिए। गाड़ी,साइकल, कार आदि का अविष्कार तो आदमी ने किया है अपनी सुविधा के लिए, भगवान ने नहीं। आदमी की बॉडी में टांगे बड़ी महत्वपूर्ण है। इसके प्रयोग से आदमी स्वस्थ रहता है। ये मैनीफैक्चर करने वाले अर्थात भगवान इनके प्रयोग करने से बाडी की आयु और स्वस्थ रखने की गारंटी देता है। हमारे ऋषि मुनि पैदल ही चलते थे और कई वर्ष जीते भी थे। हम आधुनिक सुविधा के चलते आराम फरमाने लगे हैं ..."

"आप कितना चलते हैं ..."

"आप बीच में पूछोगें तो मेरा बोलने का तार टूट जाता है जब एक बार फ्यूज उड़ जाए तो बिजली को आने में समय लगता है। मैं सब कुछ बताने वाला हूं .... " और फिर एक जोर का ठहाका ... " सब सुनने वाले भी ठहाका मारने लगे तो कासिम आगे बोले,

"बस पैदल चलें और ठहाका मारते रहें चाहे कितना ही दर्द सीने में क्यों न हो। खुश रहना एक गुण है। चार्लीचैपलिन लोगों को हंसाता था इसका मतलब यह नहीं कि उन्हें कोई दर्द नहीं होता था। उन्होंने एक बार यह कहा था कि मुझे बरसात में चलना बहुत अच्छा लगता है ताकि लोग मेरे आंसु नहीं देख पाएं ..."

फिर एक लंम्बा सांस और एक ठहाका मारते हुए वे बोले,

"हमारी जब शादी हुई पहली ही रात में हम दोनों में एक समझौता हुआ। समझौता यह हुआ कि जब हम दोनों में कुछ मतभेद हो जाए तो हम आपस में लडेंगे़ नहीं और जिसकी गलती होगी वह सुबह पांच किलोमीटर पैदल चलेगा। बस फिर क्या था हमारी

पहली ही रात में बहस हो गई। कसुरवार मैं था। समझौते के मुताबिक मुझे सुबह पांच किलोमीटर चलना पड़ा और आज तक पिछले साठ सालों से चल रहा हूं। यही मेरी सेहत का राज है।'' और फिर एक जोर का ठहाका।

सब बैठे भी जोर से हंसे।

''सर गुस्ताखी माफ एक प्रश्न पूछना ही पड़ रहा है। आप तो पांच किलोमीटर चलते थे मान लिया परन्तु आपकी पत्नी भी तो आपकी तरह स्वस्थ है इनकी सेहत का राज।''

''मैं खुश हुआ हूं यह प्रश्न आपको पूछना चाहिए था। इसके पीछे भी एक महान तत्थ है। जब हमारा समझौता हुआ, हर पत्नी की तरह मेरी पत्नी को भी मेरे पर शक रहता था कि मैं पांच किलोमीटर जाऊंगा भी कि नहीं, तो वह चुपके चुपके मुझे देखने के लिए मेरे पीछे पांच किलोमीटर हमेशा आज तक आती रही है ... यह इसकी सेहत का राज है।'' और फिर जोर का ठहाका तो उन्होंने लगाया ही सारा पंडाल ठहाके से गूंज उठा। ठहाके के साथ सब तालियां बजाते हुए खड़े हो गए। हुसैन साहब सबका अभिवादन करते ठहाका मारते हुए पंडाल से बाहर चले गए। हमारी जुंडली भी उनके पीछे पीछे हो ली।

आईए अब तीसरे दोस्त जॉन की बात करते हैं।

तीसरा दोस्त हमारा जॉन। जॉन बहुत पैसे वाला मालदार सामी लेकिन फूटी कोड़ी खर्च करने वाला नहीं। पैसा उसका माई-बाप, उसका धर्म पैसा के लिए चाहे उसको भूखा भी रहना पड़े रह सकता है। मक्खी भी किसी खाद्य पदार्थ में गिरी हो तो उसे मक्खी से कोई परहेज नहीं मक्खी को चूस कर ही फैंकने वालो में से एक है इसलिए ही तो दोस्तों में मक्खी चूस के नाम से भी जाना जाता है।

जॉन को पता नहीं कहां से पता चल पड़ा या किसी दोस्त ने उन्हें दांत साफ करने के नुस्के में कोयले से साफ करना बताया तो जनाब सड़क में या झुगी झोपड़ी बस्ती में जहां से भी उन्हें कोयला मिल जाए उठा कर ले आते, उसे पीसते और दांत का मंजन करते। उन्होंने घर में भी इस मंजन की तारीफ की क्योंकि इसमें दाम कोई भी नहीं लगता था। घर वाले उनकी कहां सुनने वाले थे वे तो चुपके से बढिया पेस्ट लगा कर ही मंजन करते थे।

जॉन साहब घर में सबको अपने दांत दिखा कर, ''कमाल है इतने साफ दांत कभी भी नहीं हुए। पहले पता होता तो ...''

''तो क्या सीधे से पेस्ट लाया करो चाहे राम देव का ही ले आओ ... घर में तुम्हारी कोई भी नहीं सुनने वाला है ...'' जॉन की पत्नी ने एक नाराजगी जता ही दी थी।

परन्तु जॉन कहां मानने वाला था। कोयले के पाउडर से दांत साफ करता रहा अभी एक महिना ही नहीं हुआ था दांत में दर्द होने लगी। यही सोचा कि इसकी ट्रीटमैंट तो महंगी पड़ेगी इसे निकाल ही क्यों न ले। दांत पकड़ कर चले आए एक दंत चिकित्सक के पास।

"सर बहुत दर्द कर रहा दांत। इसे आप निकाल ही दो।"

"देखो, यह दांत आपका बच सकता है। क्यों निकालने पर तुले हो। इसकी हम आर सी टी करेंगे। आपका दांत भी बच जाएगा और दर्द भी नहीं होगा ..."

"आर सी टी के पैसे कितने लगेंगे ..... पूरा खर्च क्या आएगा ?" जॉन ने बीच में ही पूछ लिया।

"देखो दो हजार पांच सौ रूपए तो लगेंगे ही। और चार पांच सिटिंग में यह काम पूरा होगा ..."

"और उखाड़ने के कितने पैसे ..."

"उखाड़ने के ... ?"

"जी ..."

"अगर तो आप एनस्थीसिया का इंजैक्शन लगाकर उखड़बाओगे तो पंदरह सौ रूपए। अगर बिना सुन्न किए निकालोगे तो तीन सौ रूपए।"

डाक्टर को भी जॉन का पता था। इसलिए वह बिना सुन्न किए की बात भी करने लगा था।

"अच्छा डाक्टर बिना सुन्न किए ही निकाल दो ..."

"देख लो बहुत दर्द होती है, सह भी पाओगे कि नहीं ?"

"कितना कर दर्द होगा, मैं सब सह लूंगा।"

डॉक्टर को आज मजा आ रहा था। वह सोचने लगा कि आज इसको कंजूसी का पाठ पढ़ाया ही जाए। अभी और भी लोग दांत निकालने वाले बैठे थे उसने सबसे पहले जॉन का दांत ही निकालने की सोची।

दांत निकलते हुए जॉन को दर्द होना स्वभाविक ही था। वह इतने जोर से चिल्लाने लगा कि बाहर सड़क पर चल रहे राही रूक कर अंदर झांकने लग गए और जो मरीज अंदर दांत निकालने बैठे थे वे भाग गए।

"लो भाई तुम्हारा दांत ..." डाक्टर कहते हुए बाहर आया तो देखा कि उसका वेटिंग रूम खाली हो गया वहां कोई भी नहीं था। डाक्टर को अपने ग्राहको को जाने का झटका लगा।

'अरे मेरे सब गाहक भाग गए। इस मक्खी चूस को मैं पाठ पढ़ाना चाहता था स्वयं

को ही पाठ मिल गया।'

बाहर खड़ा जॉन तीन सौ रुपए निकाल कर डाक्टर को देने लगा। एक हाथ से वह अपना गाल पकड़े हुए था। डॉक्टर ने एक रूई का फंदा उसके मुंह में डाल रखा था।

"बारह सौ रूपए।"

"हैं ...." अब तो उसे दर्द और होने लगी थी। आगे वह इशारे से तीन उंगलियां खड़ी करके तीन सौ रूपए की बात करने लगा था।

"हां तीन सौ रूपए ही परन्तु जो मेरे तीन गाहक तेरी चीखें सुन कर भाग गए उनके पैसे कौन देगा ..." डाक्टर ने जरा सख्ती से बोला।

जॉन डर गया और पैसे कम करने के लिए इशारों से ही प्रार्थना करने लगा। लेकिन डॉक्टर कहां मानने वाला था। उसने उससे बारह सौ रूपए ले ही लिए। अब जॉन क्या करता दर्द भी मोल लिया।

जॉन की कहानी यहीं खतम नहीं होती है। एक महिने के बाद उसे फिर दांत में दर्द लगती है और पहले डॉक्टर से होता हुआ दूसरे डैंटिस्ट के पास पहुंच जाता है।

"डाक्टर दांत निकालना है। कितने पैसे ?"

"देखो भाई अगर बेहोश करके दांत निकलवाओगे तो पंदरहसौ रूपए अगर बिना बेहोश के तो तीन सौ रूपए।"

"अच्छा डाक्टर बिना बेहोश के ही निकाल दो परन्तु अभी ही।"

"देख दोस्त आराम कर अगर तू बिना दर्द के, बिना चीख के निकलवा लोगे तो मैं तीन सौ रूपए अपनी जेब से भी तुम्हें दूंगा।"

"डाक्टर साहब निकालिएगा।"

डाक्टर स्वयं डरता रहा कि यह आदमी दांत की दर्द नहीं सह पाएगा। डरते डरते दांत में जमूर मारने लगा। डाक्टर मैं घबराता नहीं आप निकालो न।"

डाक्टर निकालने लगा वह भी डरते डरते। फिर जब वह आराम से बैठा रहा तो डाक्टर ने जल्दी से उसका दांत निकाल दिया। मन ही मन उसकी बहादुरी का जिक्र करने लगा। खुश होकर बोला, "शाबाश, रूको यह लो मेरी ओर से ऐसा बहादुर आदमी मैंने कभी नहीं देखा।"

और डाक्टर ने पांच पांच सौ रूपए के दो नोट उसे थमा दिया।

और जॉन खुश, वह खुशी खुशी घर लौट आया।

जिस डॉक्टर ने उसे एक हजार रूपए इनाम में दिए थे उससे रहा नहीं गया और रात को डाक्टर के क्लब में इसका जिक्र कर लिया।

"अरे वह आदमी कद का ठिगंना, सर पर बाल नहीं ऊपर से हैट लगाता है। एक दांत उसका पहले ही नहीं ..."

"अरे क्यों पूछ रहे हो वही ही है।"

"अरे वह एनसथीसिया मेरे से लगा कर गया था। मैंने इनजैक्शन के बाद उसे कहा था कि आध घंटे बाहर बैठो।"

लेकिन सुनने वाला डाक्टर चुप हो गया था।

"अरे तुम चुप क्यों हो गए ?"

"अरे मैंने तो उसे बहादुरी के लिए एक हजार रूपए भी दिए थे।" वह मायूस और पहले वाला डाक्टर सारी रात हंसता ही रहा।

तीनों दोस्तों की कथा के बाद अब अपनी बात रख रहा हूं।

आज पंदरह दिन हो गए पत्नी को कुछ सुनाई नहीं दे रहा था। वह मेरे किसी भी प्रश्न का उत्तर नहीं दे रही थी। बहुत परेशान हो गया था। अब मेरे से रहा नहीं गया। किसी से पूछता तो कई कुछ उपचार बताते मैं सीधे डॉक्टर के पास चला गया।

"डॉक्टर साहब, पत्नी को सुनाई नहीं दे रहा है। मैं बहुत परेशान हूं। एक ही बैड पर हम सोते हैं परन्तु बात नहीं हो पा रही है। मुझे उसके कान के लिए एक मशीन बताइए जिसे लगा कर हम दोनों बात कर सकें।"

"देखिए, उनकी कान की कितनी क्षमता है मुझे नहीं मालूम। आप एक काम करें पहले 20 फीट की दूरी से उन्हें पुकारे अगर नहीं सुनेगी तो फिर दस फीट से अगर नहीं बोले तो फिर पांच फीट से। इसके बाद फिर मुझे बताएं ताकि मैं मशीन की कपैस्टी जांच कर आपको मशीन रिकमैंड कर सकूं।" डॉक्टर की कनसलटेशन की फीस देकर मैं घर आ गया।

डॉक्टर के कहने के अनुसार मैंने घर पहुंच कर 20 फीट से पत्नी को आवाज लगाई,

"माई स्वीट हार्ट ... हैलो ..."

उसने मेरी ओर देखा तक नहीं, कोई सुनाई नहीं कोई उत्तर नहीं। फिर मैंने वही प्रतिक्रिया दस फीट पर की। कोई उत्तर नहीं। फिर मैंने पांच फीट पर से इसी प्रतिक्रिया की पुनरावृति की। कोई जवाब नहीं।

मैं बहुत उदास था। जल्दी से डॉक्टर के पास जाता हूं और सारा वृतांत उन्हें सुनाता हूं।

"अब आप उनके पास समीप जाकर बात करें क्या प्रतिक्रिया होगी। मुझे बताएं।"

मैं जल्दी से घर पहुंचता हूं। अब शाम होने लगी थी। बहुत परेशान हो गया था

मैं। घर में बात करें तो किस से करें। बच्चे दोनों बाहर रहते हैं। और इधर पत्नी को कुछ सुनाई ही नहीं दे रहा है। दोनों घर में अकेले, अब तो डर लगने लग गया था, बहुत घबराहट होने लगी थी।

घर पहुंचते रात हो गई थी। घर के अंदर घुसते ही पूरियां तलने की खुशबू आने लगी। खुशबू से मन भर गया। सामने देखा कि पत्नी पूरियां तल रही थीं। उसे कैसे मालुम हुआ कि आज मुझे पत्नी के हाथ से कुछ विशेष खाने की इच्छा हो रही है। मैं बहुत खुश हुआ,क्योंकि जब जब वह बहुत खुश होती है या बहुत नाराज होती है तो वह पूरियां बनाती है। उसे मालूम है कि मुझे पूरियां बहुत पसंद है।

डाक्टर के कहने के मुताबिक मैं आज उसके समीप जाकर उससे बात भी करना चाहता था और पूरियों का स्वाद भी लेना चाहता था।

पास पहुंच कर मैंने उसे प्यार से पुकारा,

"रानी ..."

कोई उत्तर नहीं। मैंने अपनी आवाज थोड़ा ऊंची करते हुए प्यार से फिर पुकारा,

"रानी ..."

अभी भी कोई उत्तर नहीं। सोचने लगा कि इसके कान तो बहुत ही खराब हुए हैं। इसका तो कहीं बाहर ही जाकर इलाज कराना होगा और मेरा उसके प्रति प्यार और सहानुभूति अधिक जागृत हो आई और मैंने उसे बड़े प्यार से पीछे से आलिंगन में लेना चाहा। मेरे हाथ उसके शरीर के साथ स्पर्ष करते ही एक बिजली सी उसमें कौंध गई।

"पीछे हटो, पंदरह दिनों से मैं तुम्हारा यह सब रंग देख रही हूं। खबरदार मेरे से बात की ... और मुझे छुआ भी ... अपनी मस्ती में रहते हो ... अगर मुझे छुआ भी तो ... गर्म गर्म पूरी ऊपर फैंक दूंगी ... बड़े हमदर्द आए अपनी पत्नी के ... क्या कह रहे थे, मुझे सुनाई नहीं देता ... तुम्हें और डाक्टर को एक एक झापड़ दूंगी ... हां ... बहरी बना दिया मुझे ..."

मैं तुरंत पीछे हट गया जैसे मुझे 440 वोलटेज का करंट लग गया हो ... यहां तो बात ही कुछ और है ...

और पूरियों के लिए मेरे मुंह में जो पानी आ रहा था वह न जाने कहां गायब हो गया था। मेरे सामने रखी हुई पूरियों को मैं मुंह तक नहीं ले जा सका।

तभी वह जोर से हंसी मैं उस ओर देखता रहा और फिर मेरे से भी जोरदार हंसी का फुहारा फूट पड़ा। हम दोनों पूरे जोर से हंस पड़े।

"मैंने इसलिए ही आज पूरियां बनाई थी तुम्हारी पसंद ... और उसने एक कौर

सामने रखी पूरियों से काट कर मेरे मुंह में ठूंस दिया ... और मैने भी एक कौर उसके मुंह में ठूस दिया। और शुरू हुआ हमारी हंसी का दौर जो पंदरह दिनों से बंद था।

"रानी ... मेरी प्रिय रानी ..." मैंने एक बार फिर से उसके कानों की क्षमता घबराते हुए टैस्ट की ... और हम फिर जोर से हंस पड़े।

9. हरा समुंद्र गोपी चंद्र .....

वर्सोवा कोली उत्सव की तैयारियां होने लगी थी। पांच दिन पहले ही मंदिर मस्जिद चौराहे पर 'वर्सोवा कोली समाज उत्सव 'के नाम से एक बड़ा लम्बा बैनर स्वागत द्वार पर लगा दिया गया था, जिससे हर आने जाने वाले को उत्सव की सूचना उपलब्ध हो सके। चार बंगला, सात बंगला, लोखनवाला, यारी रोड तथा आस पास के मछली खाने का शौक रखने वालों को तो नए साल के लगते ही इस उत्सव का इंतजार रहता। बैनर पढ़ कर तो उनकी यादाश्त ताज़ा हो जाती। वे जानते थे कि जो रैसपी कोली समाज में मछली बनाने की है वह और कहां ? जो भी इस सूचना को पढ़ता वह आपस की मित्र मंडली में उत्सव की बात तो करता रहता। होटलों में आजकल दाम आसमान को छू रहे हैं यहां पर एक ही स्थान पर विभिन्न प्रकार की रेसपियों के साथ झिंगा, पापलेट, सुरमई, रावत आदि मछलियां बनी मिलती वह भी कम ही दामों पर। लोग सपरिवार आकर बड़े चाव के साथ सजे संवरे सैंकड़ों स्टालों में से अपनी पसंद के स्टाल में खाते तो हैं ही साथ पार्सल बना कर घर ले जाते वह अलग।

इधर कोली समाज में इस उत्सव का विशेष तौर पर बच्चों में जो उत्साह देखने को मिलता, बजुर्ग तो उससे भी अधिक उत्साहित हो रहे होते। परिवार की सबसे बड़ी बहू के तो दिन ही फिर जाते हैं। उसका मन मचल मचल कर झूमने लगता है। वह इसलिए कि मेले में जितने भी स्टाल लगते हैं उसमें घर की सबसे बड़ी बहू सुंदर कपड़े सारे गहने डाल कर अपने को सजा-संवार कर अपने स्टाल के काउंटर पर बैठकर गाहको को आकर्षित करती और शेष परिवार के सदस्य स्टाल का दूसरा काम करते अर्थात् वह अपने स्टाल की रानी होती। किस परिवार में कितने गहने हैं और इसी स्पर्धा में उसे प्रति वर्ष नया गहना भी मिल ही जाता। मन में गहनों के प्रति आकर्षण और प्रदर्शन स्त्रियों में आदिकालीन है इसलिए सारे वर्सोवा कोली समाज की स्त्रियां बढ़ चढ़ कर सज संवर के आतीं। और कनखियों से महिलाएं एक दूसरे को देखती कि कौन

कितने पानी में है। इसी स्पर्धा में वह मन ही मन पडौसन को मटक मटक के इशारा भी कर रही होतीं, 'बोल मेरी मछली कितना कर पानी ?'

मेले को देखते हुए इधर बच्चों को मालूम है कि कुछ चींजें तो उन्हें सामान्य तौर पर मां बाप, रिश्तेदारों से प्रेम वश मिल ही जातीं और दूसरी चीजें जिन पर उनका मन आ जाए भले ही वे उनके मां बाप की पहुंच से बाहर क्यों न हो, प्राप्त करने के लिए बच्चों को अमोध शस्त्र जिद का प्रयोग करना ही पड़ता। भगवान ने बच्चों को इस हथियार का वरदान देते समय इसे केवल मां बाप की परिधि में ही बांध के रख दिया। राजा हो या रंक सबको इस हथियार के आगे झुकना ही पड़ता है। फिर चाहे कुछ हो मां बाप के जेब में पचास रूपए हों और बच्चा पांच सौ रूपए की जिद करे, तो उस समय बाप को अपना मन मार लेना पड़ता है या बच्चे को मनाना पड़ता है। इस शस्त्र के आगे बाप विवश हो जाता।

सारे वर्सोवा में उत्साह था परन्तु अपनी खोली के एक कोने में बैठी रामू को हर बार की तरह अपने पति गोपी चंद्र की रह रह कर याद आने लगी थी। तीस साल पुरानी घटना को वह अभी तक भूल नहीं पाई थी। उसका बड़ा बेटा नन्दू जो आज पचास को पहुंचने वाला है को मालूम है कि उसकी अम्मा एक कोने में गुम सुम क्यों बैठी है ? वह जानता है कि वरसोवा का उत्सव आया नहीं और मां ने घर का एक कोना संभाला नहीं। नन्दू बचपन से यह देखता आया था। गांव के सब बच्चे अपने मां बाप के साथ मेला देखने जाते वह और उसका भाई बहन भी अपनी अम्मा को जिद करके उत्सव में ले जाते उनकी हर बात पूरी करने पर भी अम्मा चुप ही रहती और कभी तो उसे लगता कि उसकी अम्मा रो रही होती।

अब तो नन्दू बाल-बच्चे वाला, कमाने वाला हो गया है, किराए का स्कूटर दिन भर चलाता है, अम्मा को मेले में चलने के लिए जिद नहीं करता परन्तु उसके बच्चे उसे ही ले जाने की जिद करते हैं। अब तो मेले का रूप ही बदल गया है। छोटे बड़े आदमी, विभिन्न बैंकों के मैनेजर, एयर इंडिया के अधिकारी, राजनीतिज्ञों से लेकर मराठी फिल्मी गायक, छोटे बड़े परदे के कलाकार सब आने लगे थे। चारों ओर बिजली की चकाचौंध से संपूर्ण स्थल चमक उठता।

यह चकाचौंध रामू को आकर्षित नहीं करती। उसे इससे कोई मतलब नहीं बल्कि उसे यह और उदास बना देती और इस भीड़ में भी वह और अकेली महसूस करती, अपने पति गोपी चंद्र को याद करती रहती। इसलिए रामू मेले नहीं जाती है वह वहीं अपनी खोली के उसी कोने में बैठी एक टर बाहर की ओर देखती रहती।

समुद्र उनका अराध्य देव है। वह सोचती रहती, ' इस समुंद्र ने भगवान राम को

श्री लंका जाने से रोका तो क्रोध में आए राम ने अपने तरकश से जब तीर निकाला ही था तो समुंद्र डरके मारे हाथ जोड़ कर आगे खड़ा हो गया था, ऐसे लोगों के लिए डंडा ही पीर बनके आना चाहिए। हम लोग तो इसकी पूजा ही करते रहे हैं फिर भी यह उसके पति गोपी चंद्र को निगल ही गया। इस तरह से वह आए दिन मछुयारों को अपनी लपेट में लेता आया है। हम गरीबन की यह भी क्यों सुने। ...'

तीस साल पहले जब गोपी चंद्र हर बार की भांति समुंद्र में मछली पकड़ने गया तो लौट कर नहीं आया था। उसे ढूंढने के लिए कितने दिन तक वह पड़ौसी की नाव पर जाती रही थी। लेकिन गोपी चंद्र नहीं मिला। जब मिला ही नहीं तो क्या किया जाए? उस पर तो एक पहाड़ टूट पड़ा था। तीन बच्चे उसने कैसे कैसे पाले यह तो वह ही जानती। किसी ने भी उसका साथ नहीं दिया। अपने सगों ने भी उससे मुंह मोड़ लिया था।

जब उसके मन में यह विचार आता कि एक वही ही नहीं है हर मछुआरे के घर की यह ही कहानी है, कोई न कोई इस समुंद्र में गया और लौट कर नहीं आया। लगभग सभी के साथ यह हादसा हुआ है तब उसे अपना दुख थोड़ा हल्का लगने लगता, उसके साथ ही अन्याय नहीं हुआ उसकी तरह और भी तो हैं।

उसने तब से कसम खाई थी कि वह अपने बच्चों से मछली पकड़ने का काम कभी भी नहीं करवाएगी छोड़ देगी अपना पैत्रिक काम। और उसने छोड़ भी दिया परन्तु मछली बेचना नहीं छोड़ा। उसके पति के समय जो मछली के गाहक थे वे उसे बार बार कहते रहते, उसे भी तो बच्चे पालने थे अपना जीवन चलाना था कुछ न कुछ धंधा करना ही तो था और अंततः वह मछली बेचने के काम को करने लग गई थी।

साथ में उसने एक धंधा और शुरू किया था अपनी खोली के साथ ही बाहर की ओर चाय की केटल रख दी। चाय बेचने लगी। क्या करती ? समय सब कुछ सिखा देता है सीखने वाला चाहिए। बच्चों की पढ़ाई, उनकी हर बात को पूरा करने के लिए कुछ तो चाहिए ही। रामू ने हिम्मत नहीं हारी, समय ने उसे मेहनत करना सिखा दी थी। अब तो बच्चे ही उसका जीवन बन गए थे उन्हीं में गोपी चंद्र था उसका भविष्य उन्हीं में था।

चाय का काम शाम के समय ही चलता था। आस पास वाले शाम को जब काम करके घर आने लगते तो लगे हाथ उससे एक कप चाय पी ही लेते थे। सुबह सबको अपने धंधे पर जाने की भगदड़ होती तो उसकी चाय के लिए कौन रूकता। रामू भी इस बात का लाभ उठाने कि सोचने लगी कि सुबह वह भी गांव वालों की गाड़ी पर जाकर मार्कट से मछली खरीद कर क्यों न ले आए ? अपना खानदानी पेशा भी चालू

रहेगा और सुबह का समय को भी वह अपने को काम में ला सकेगी। सोचते ही उसने गांव वालों के साथ मछली लाना तय कर ही लिया।

मछली लाने के लिए टैम्पो सुबह तीन बजे जाता वह भी सभी के साथ टैम्पो के पीछे बैठती। मछली की थोक बिक्री के लिए यह मार्केट प्रसिद्ध है, सुबह चार बजे से मछली का क्रय विक्रय शुरू हो जाता है। बड़ा झींगा, झींगा, बड़ा पापलेट, पापलेट, सुरमुई, रावत, हलवा सब तरह की मछलियां यहां मिलती। यह टैम्पों कभी कसारा कभी खुलावा और कभी बड़ी मार्केट जाती। उसे गांव वालों के साथ ही जाना पड़ता चाहे वे किस भी मार्केट से मछली लाए।

जितनी मछली वह एक दिन में बेच सकती वह उतनी ही लाती। उसके पास पैसे भी कम थे फिर भी धंधे के लिए वह कुछ भी करे करती ही थी और उसका धंधा चल पड़ा था। धंधा क्यों न चलता, वह एक मशीन बन गई थी। जीवन को चलाने की भाग दौड़ में गोपी चंद्र अब उसे कभी कभी ही याद आता। बच्चों का लालन पालन और सारे दिन काम करना, अपने को इतना व्यस्त रखना कि और कुछ सोचने की फुर्सत ही न मिलती। जितनी मिलती उसमें वह बच्चों के साथ लगी रहती। जिस दिन कोई मछली बेचने से रह जाती तो उसे वह घर लाती। बच्चे खुश हो जाते। बच्चों को मछली बहुत पसंद थी, वे मछली देख ऐसे खुश हो जाते मानों उन्हें कोई खजाना मिल गया हो। बच्चों की खुशी देख रामू मछली बेचने से पहले ही कुछ मछली घर के लिए उठा कर अलग रख लेती थी।

रामू को शादी के बाद से ही समुंद्र में गोपी चंद्र का जाना अच्छा नहीं लगता था, उसे समुद्र से डर लगता था। गोपी चंद्र जब मछली पकड़ने जाता तो वह उदास जरूर हो जाती थी। परन्तु यह उदासी उसने कभी भी गोपी चंद्र को महसूस नहीं होने दी।

उदास क्यों न हो दस बारह दिन से पहले तो वह घर लौट कर नहीं आता। सोचती अपार समुंद्र चारों ओर पानी ही पानी, कोई जगह नहीं यहां तक कि कोई परिंदा भी कहीं भी दिखाई नहीं देता केवल कुछ उन्हीं के साथियों की कश्तियों पर लगे झंडे नजर आते, अथाह जल राशि! गोपी चंद्र उससे अपने अनुभव बांटता रहता था। जब वह संमुद्र में जाने लगता तो कहती,

"हरा संमुद्र गोपी चंद्र ... वोल मेरी मछली कितना का पानी ? तो दोनों हंसते और वह उसे बांहों में जकड़ कर बोलता,

"मेरी मछली आके बताऊंगा कितना का पानी।" हंसते हुए वह विदा हो जाता। उसके मुंह से शराब की दुर्गंध आ जाती तो वह कुछ नाराज हो कर बोल उठती,

"बस शुरू हो गए घर से ही, अब बोट में तो मुफ्त की मिलेगी पीता ही रहेगा

जरा सब्र करना, उधर अपना ख्याल रखना ... ।''

''ख्याल तुम्हारा रखता हूं तो ही शराब अपने आप अंदर जाती रहती है ?'' हंसते हुए वह बात को टाल ही देता था।

गोपी चंद्र ने उसे एक एफ एम रेडियो दे रखा था। वह भी इस रेडियो को हमेशा अपने साथ रखती उसमें बजने वाले गानों के साथ वह भी गुनगुनाती रहती थी। रेडियो को हमेशा साथ रखने से उसका सारी बस्ती में 'रेडियो वाली बीबी' नाम पड़ गया था।

रामू को उसके पीने की टैन्शन बड़ी होती थी। जब भी वह पीता तो बहक जाता था। बहक इस तरह से कि फिर अपने आगे किसी को भी नहीं मानता। दूसरे ने भी अगर पी रखी हो तो झगड़ा हो जाता था और कई बार उसके सामने भी झगड़ा हुआ, इसलिए वह उसके पीने के बारे चिंतित ही रहती थी।

एक बार गोपी चंद्र जब समुंद्र से लौट कर घर नहीं आया तो बहुत सी कहानियां सामने आने लगीं। जितने लोग उसके साथ गए थे सब अपनी अपनी कहानी सुनाने लगे थे। रामू जिसके पास जाती उसे कुछ नया ही सुनने को मिलता,

''मेरा गोपी चंद्र क्यों नहीं आया क्या हुआ उसको ..... ?'' रामू पूछती।

''कैसे आता ? रात को जो वह पीने बैठा तो पीता ही रहा। ऊटपटांग बोलने लगा। धक्का लगने लगा था उसे। उसका पांव एक जगह पर पड़ता ही नहीं था। बस नाव पानी में लड़खड़ाई वह पानी में खलास। ''

''तुम उसका दोस्त कुछ न करता .... उसे क्यों बाहर नहीं निकाला .... कैसा दोस्त है तूं रे ...... '' रामू पूछते पूछते रोने लगती। उसके तीनों बच्चे जब अपनी अम्मा को देखते और बोलने वाला उन्हें देखता तो वह भी भावुक हो जाता और कोई उत्तर दिए बिना ही चला जाता।

रामू को किसी के भी उत्तर से तसल्ली नहीं होती वह एक के बाद दूसरे के पास जाती, बच्चे साथ ही होते दूसरे से भी वह यही पूछती,

''बता दे तूं ही बता दे क्या हुआ मेरे गोपी चंद को रे ..... तूं तो कुछ बता दे ...''

''अरे भाभी चुप कर ... बताता हूं ...'' उसने इधर उधर देखा फिर बोला, '' उस रात को थक गए थे। खाना खाने से पहले सब रोज की भांति पीने बैठ गए। सबने खूब पी। ठेकेदार उस रात नहीं था वह घर आ गया था। इसलिए भी कुछ ज्यादा ही पी ली थी बस फिर आपस में कहा सुनी हो गई और गोपी चंद्र पानी मापने चला गया लौट कर नहीं ...'' कह कर वह भाग गया।

रामू को उसके पीने के लिए चिंता सही थी और आज हुआ भी ऐसा ही होगा। समुंद्र में तूफान होता तो सबके साथ कुछ न कुछ होता? गोपी चंद्र के साथ ही क्यों

हुआ ? कुछ तो जरूर हुआ है जो उसे कोई नहीं बता रहा है ? रामू को शक होने लगा। जो भी बोलता कुछ अलग थलग ही बोलता। वह बच्चों को साथ ले जाकर कभी नेता के पास कभी पुलिस के पास जाती। कोई उसकी नहीं सुनता। तो वह समुंद्र के किनारे खडे ़होकर समुंद्र से ही प्रार्थना करती कि उसके गोपी चंद्र को लौटा दे जिंदा या ... वह बिलखती, घंटों समुंद्र किनारे हाथ जोड़ कर खड़ी रहती, क्या करे वह?

'गरीबन की कोई सुनवाई नहीं, गणेश जी, मेरे गोपी चंद्र को क्या हुआ होगा ? क्या किया इन दोस्त दुशमनों ने... छोटे छोटे बच्चे रूला दिए।' कोली बाड़े के गणेश के मंदिर के आगे भी वह गुहार लगाती रहती।

'इस समुंद्र ने उसके ससुरे के साथ भी ऐसा ही किया था। उसकी सास बताती थी तब तो सारी नाव ही पलट गई थी कोई लौट कर नहीं आया था। यह समुंद्र जीवन देता भी है तो लेता भी बुरी तरह से है। ... सब कुछ उजाड़ कर रख देता है। फिर भी लोग मछली पकड़ना नहीं छोड़ते ... क्या करे मछुआरों का जीवन ही इस पर ... अगर समुंद्र के प्रकोप से बच भी गए तो बहुत दूर अंदर तक जाने वाले मछुआरे को पाकिस्तान वाले पकड़ कर ले जाते। बड़ा ही जोखिम भरा जीवन ...'

वह रात दिन सोचती रहती क्या करे, क्या धंधा करे ? एक दिन ठेकेदार घर पर 25000/ की राशि लेकर आया था।

"गोपी चंद्र के जीवन बीमे के पैसे हैं।" वह पैसे देकर बड़ा एहसान जताना चाहता था। परन्तु

ठेकेदार को देख रामू को लगा कि यमराज ही उसके पास आ पहुंचा है उसने कुछ नहीं बोला। वह अंदर ही अंदर जो बोल रही थी ठेकेदार भी सब समझ रहा था। उसने जल्दी से कागज़ पर दस्खत कराए और चलता बना था डरके कि कोई इधर हगामा न हो जाए।

वह कितना रोई थी। आदमी के बदले पैसे ... यह कैसी बिंडम्बना है आदमी की?

पैसे उसे राहत दे गए थे। घर गृहस्थी पटरी पर चलने लगी थी। बच्चे स्कूल जाने लगे थे।

दिन में मछली, शाम को लोगों को चाय बेच कर गृहस्थी चल निकली थी। चाय के काम से इनके परिवार का नाम सारी बस्ती में चाय वाला पड़ गया था। बड़ा ही जोखिम का काम है मछली पकड़ना। जब बोट पानी में जाती है तब से लेकर जब तक लौट कर नहीं आती है पीछे घर वाले सब चिंता में ही रहते हैं। और सभी घरों में एक ही राग लगा रहता है,' हरा समुंद्र गोपी चंद्र ..... बोल मेरी मछली कितना का पानी .... ?' एक प्रशन चिन्ह पीछे घर वालों के मन में रहता ही है।

कोली झुगी झौपड़ियों के साथ ही बच्चों के खेलने के लिए एक छोटी सी जगह खाली थी जहां पर बच्चे शाम को इकट्ठे हो कर तरह तरह की खेलें खेलते रहते थे। रामू का घ्यान उन सबकी ओर तब जाता जब वे ग्रुप में बोल रहे होते,

" हरा समुंद्र गोपी चंद्र बोल मेरी मछली कितना क पानी ? ...." अब तो उसके पोते पोतियां भी यही बोलते।

उसे अपने दिन याद हो आते अब भी जब बच्चे इसी खेल को खेलते तो वह उन्हें देखती रहती और शून्य में खो जाती।

अब तो समुंद्र में भी मछली उतनी नहीं रही। बहुत गहरे में जाना पड़ता है। गरीबन का अब धंधा ही नहीं रहा। बड़ी बोट चाहिए जो भीतर समुंद्र तक जाए तो मछली मिले। गरीबों के पास बड़ी बोट कहां ? अब तो गरीब बड़े ठेकेदार के भरोसे ही रहत, उसकी मजदूरी करत। और काला कलूटा ठेकेदार मछुआरे की तीन सींगों वाली लाल रंग की टोपी पहने सबको यमराज ही लगता जो गांव से चुन चुन के मछुआरे मजदूर ले जाता, कोई लौट कर आता कोई नहीं आता .... ।

रामू के दोनों बेटे अब स्वयं मां बाप बन गए हैं। दोनों की अपनी अपनी खोली है। जहां गोपी चंद्र मछली सुखाता था वहीं पर अब दो खोली बना दी गई है। अपना कब्जा भी हो गया तो घर भी बन गया। छोटे वाला बेटा यहीं पर अपनी अम्मा की स्थापित केटल को चलाता है। उसका सुबह से शाम तक अब चाय बेचने का काम हो गया था। अब तो उसने वहां पाव, कांदा, समोसा, बिस्कुट सब रख लिया था। सारे दिन कुछ न कुछ उसका बिकता ही रहता।

रामू को किसी भी बेटे के पास रहने की कोई रोक टोक नहीं है। दोनों बेटों ने आपस में ही तय कर लिया था कि उनकी अम्मा छह छह महीना एक एक के पास रहेगी। परन्तु वह लगातार एक के पास छ महीना रह ही नहीं सकती। कुछ दिन होते ही नहीं तो बहू कुछ न कुछ कहने लग जाती है। रामू अपने बेटे से सब कुछ सुन सकती है उसे सहन कर सकती है परन्तु बहू बोले तो दोनों में तकरार हो जाती है। और तकरार हुई नहीं कि वह दूसरे बेटे के पास गई नहीं।

उसका यह सिलसिला सारे वर्ष चला ही रहता। जब किसी भी बहू से उसकी तकरार होती तो वह एक कोने में थोड़ी देर बैठ कर गोपी चंद्र को याद करती रेडियो ऑन करती, कान उसके रेडियो पर आंखें बाहर किसी शून्य में किसी को खोजती हुई तर हो जाती तो अपनी पोटली को उठाए दूसरे बेटे की खोली की ओर चली जाती।

बेटे बहुओं को पता था कि इस पोटली में कुछ माल ठाल है जिसे उनकी अम्मा कभी अकेला छोड़ती ही नहीं। बस दोनों बहुओं की नजर उस पर रहती ही थी। जब

कोई तकरार हो जाती तो वे जल्दी ही पश्चाताप भी करने लगती और अपने बच्चों को सास के पीछे लगा देती। अपने पोतों के कहने पर रामू कहा मान जाती उसे मालूम है कि पोते तो भाग कर भी उससे दूसरी खोली में मिलने आ ही जाते और अपने हिस्से की टाफी चाकलेट पा ही लेते।

समय ने रामू को मेहनती बना दिया था। समाज के साथ मिलना जुलना व्यवहार, लड़ाई झगड़ा सब उसे समय ने सिखा दिया था। इसी मेहनत से आज भी वह पैसा कमा ही लेती है। जब तक बच्चे उठते तब तक वह मार्केट से मछली लाकर उसे साफ करके बाजार में बेच आती। अब भी अपनी जरूरत की चीजों को उसने कभी भी अपने बच्चों से कभी नहीं मांगा बच्चे ही उससे कभी जरूरत पड़े तो मांगने लगते है। और वह भी उनकी मदद करती ही रहती है।

उसे वर्सोवा के उत्सव में न जाने क्या हो जाता है। इन दिनों न काम पर जाती न कुछ करती। अपनी पुरानी खोली के एक कोने में बैठ अपने गोपी चंद्र को याद करती रहती। उसे गोपी चंद्र रह रह कर याद आता। जब बच्चे उत्सव से लौट कर देर रात घर पर पहुंचते तो उन्हें अपनी अम्मा एक कोने में बैठी मिलती रेडियो धीमी आवाज में बज रहा होता, नम आखों से वह उन्हें निहारती।

''अम्मा तुम्हें बोला है मेले में साथ चला कर मन बहल जाएगा ...''

वह सब बातें शायद सुनती ही नहीं या इन बातों का उस पर कोई असर ही नहीं होता, वह तो बच्चों को देख केवल मुस्कुरा देती और कुछ नहीं बोलती।

आज मेले का आखिरी दिन, सांस्कृतिक कार्यक्रम चल रहा है। मराठी की फिल्मी गानों की मशहूर गायिका मनीषा गाना गा रही है आगे नृत्य हो रहा है। तेज हवा चल रही है। तेज हवा इनके कार्यक्रम को बंद नहीं करा सकती। इन्हें तुफानों से खेलने की आदत है ऐसी छोटी मोटी हवा आंधी इनके लिए क्या है ? परन्तु आस पास से चार बंगला, सात बंगला, यारी रोड, लोखनवाला आदि जगह से जो लोग मछली खाने के शौक से और कार्यक्रम देखने आए हैं उन्हें इस आंधी से घबराहट होने लग गई।

तभी एक सरकारी जीप अनाउंसमैंट करने आई, एक महिला की वाणी सूचना दे रही है,

'बादल अत होना है तुम्हीं बोट बायर पाटवासा नाहीं ... ' मराठी में बोलने के बाद वह हिन्दी में भी बोलने लगती है,

'सभी को सूचित किया जाता है कि आज समुंद्र में तूफान आने वाला है कोई भी समुंद्र में बोट लेकर नहीं जाए। ...'

मंच पर चल रहा कार्यक्रम रूक गया। अब मंच पर से भी आनाउंसमैंट होने लगी। सारे दर्शक जो उल्लास से कार्यक्रम देख रहे थे। सन्न रह गए। कार्यक्रम भी बंद हो

गया। सब लोग अफरा तफरी में घर की ओर जाने लग गए। पल में ही कोली समाज में एक उदासी का माहौल बन गया। कुछ औरतें अपने कान से मोबाइल को लगाए हुए थी। वे अपने अपने लोगों से जो समुंद्र में गए थे संपर्क बांधने लगी हुई थीं। सब घर की ओर जाने लगे। तभी किसी की नजर लाल रंग की तीन सींगों वाली टोपी पहने काले कलूटे ठेकेदार जो एक कोने में खड़ा हो कर सिग्रेट का धुंआ उड़ा रहा था पर पड़ी। लोग उसे एक नजर देखते और आगे निकल जाते।

बच्चे जब घर पहुंचते हैं तो उनकी अम्मा एक कोने में बैठी एफ एम ट्रांजिस्टर पर तूफान की चेतावनी सुन रही है उसकी आंखें बाहर दरवाजे की ओ लगी है और बहू पोतों को आता देख वह बोलने लगी, "आओ बैठ जाओ तुफान आने वाला है ... मेरे पास बैठो ... आओ .... दूर मत जाओ ... आज गोपी चंद्र लौट रहा है ... आज फिर समुंद्र मेहरबान हो रहा है ... आओ ... गोपी चंद्र आ रहा है .... वह देखो ... वह ... तुम्हारा बापू ...आ रहा ... "

"अम्मा क्या हुआ है ...क्या हुआ है तुम्हें ... ?" बेटे ने मां को पकड़ते हुए कहा। तभी सभी का ध्यान रामू के आगे पड़ी खुली पोटली पर जाता है। रामू दोनों हाथों को जोड़ कर सामने गोपी चंद्र की शादी वाले फोटो को प्रणाम करते हुए विलाप कर रही है।

बच्चे अम्मा को पूछते हैं परन्तु उस पर कोई असर नहीं हो रहा है। वह पागलों जैसी बातें करने लगी है। वह अब भी फोटो को देख बोली जा रही है।

"वह आज आएगा समुंद्र आज मेरे गोपी चंद्र को भेज रहा है। रेडियो बोल रहा है वह देखो वह ... गोपी चंद्र ..."

बाहर बिजली कड़क रही है वर्षा की तेज हवा के साथ बौछार अंदर भी आ जाती है। वह उसी तरह से बाहर देखने लगती है। बेटा दरवाजा बंद कर देता है।

एफ एम बज रहा है चेतावनी दे रहा है। बच्चे उसके इर्द गिर्द बैठ जाते हैं। एक पोता बैलून में फूंक मारता है वह बैलून में लगी पीपली भैंपू बजाता है जैसे किसी बोट का भौंपू हो। तभी तेज हवा के साथ खोली का दरवाजा फटाक से खुलते ही वर्षा की एक तेज बौछार अंदर आती है जिससे सारे भीग जाते हैं।

रामू चिल्ला उठती है , "वह आ गया .... आ गया ... किवाड़ मत बंद करो ..."

10. ग्यारह बजे

प्रातः भ्रमण मेरे लिए एक अनिवार्य क्रिया बन गई थी। शुरू में तो यह एक भार सा लगती रही थी परन्तु धीरे धीरे यह जीवन की शैली ही बन गई। अच्छा लगता जब हल्की हल्की सिंधु समीर चलने लगती, एक ओर हल्की सी उड़ान भरते कबूतर होते तो दूसरी ओर सैंकड़ों की संख्या में कई कतारों में अनुशासनात्मक ढंग से आसमान में उडारी भर रही गुरैया होतीं जिन्हें देखने के लिए आदमी विवश हो जाता। पूर्व दिशा में हल्के हल्के बादलों में सूर्य की किरणें झांक रहीं होतीं कि कल जिस घरती को जैसा ही छोड़ा था क्या वह वैसी ही है ? ऐसा लगता कि प्रकृति अपने कई रंगों से प्रभाती लोगों को वाकिफ करा रही है। मैं किसी अनजान हस्ती द्वारा गाया गया गान अनायास ही गुनगुनाने लग जाता 'जो जागत है वह पावत है, जो सोवत है वह खोवत है।'

मुम्बई के यारी रोड में मंदिर मस्जिद पर स्थित घर के पास ही एक महानगर परिषद का खेल का मैदान जो स्वतंन्त्रता सेनानी के नाम पर रखा गया है के किनारे पर चारों ओर पैदल चलने वालों के लिए छह फुट चौड़ी पट्टी और इस पर लगी टाइलें चलने वालों को सुविधाजनक लगती। सुबह भ्रमण करने की होड़ वरिष्ठ नागरिकों से लेकर कान में इयर फोन लगाए वयस्कों के बीच होती। मैदान में विभिन्न प्रकार के खेल खिलाड़ी खेल रहे होते हैं, क्रिकेट, फुटवाल, योग, एक्सरसाईज़ वगैरह आदि। यह मैदान इतना बड़ा है कि इसमें बहुत सी टीमें अपनी अपनी टोली में अलग अलग कई स्थानों पर क्रिकेट खेल सकती हैं। एक ओर फुटवाल खेलने वाले भी देखे जा सकते हैं। जो टीम जितनी जल्दी सुबह आ गई अपना स्थान सुनिस्चित कर लेती और वहीं पर जम जाती जो जगह उसे अच्छी लगती।

खिलाड़ियों से भरपूर इस खेल के मैदान में, ऐसा भी नहीं होता कि खेलों को देखने वाला कोई भी दर्शक नहीं हो, कोई न कोई तो एक ओर बनी स्टेडियम जैसी सीढ़ियों पर बैठ कर अपने खिलाड़ी को जोर-जोर से प्रोत्साहित करने के लिए हूटिंग करता तो

सात आठ लोग मिल ही जाते और न सही तो सैर करने वाले भी इन खेलों को देखते हुए चक्कर काट ही रहे होते। दूसरी ओर फुटबाल के प्रेमियों की कमी तो खलती ही फिर भी दर्शक इन्हें भी इक्का-दुक्का मिल ही जाते।

प्रभाती तो सुबह से ही इस मैदान का चक्कर काट रहे होते हैं लेकिन खिलाड़ी लगभग सात बजे के बाद ही अपने साजो-समान के साथ धावा बोलते हैं और जब पहुंचने लगते हैं तो लगता है कि किसी स्कूल में छुट्टी हुई है उसी तरह का शोर मचना शुरू हो जाता है। यहां तक कि अपने साथी को पुकारना हो तो आवाज के बदले सीटी से ही काम चलाया जाता है या चीख-पुकार तो आम बात रहती है। और जब ये लोग अपनी छावनी मैदान में डाल लेते हैं तो सैर करने वालों को सावधान होकर चलना पड़ता कि अब ध्यान से चलो कोई चौका छक्का लगाने वाले खिलाड़ी ने अगर कोई शॉट मारा तो कहीं आपको ही आउट न कर दे। इसलिए घूमते भी रहो और खेल भी देखते रहो अपने को भी बचाते रहो।

इसी मैदान में मैं भी सैर करने जाने लगा तो अच्छा लगा। एक ओर नौसिखे खिलाड़ी तो दूसरी ओर अपने को फन्ने खां समझने वाले खिलाड़ी, इन सबको देखना मुझे अच्छा लगता। इसलिए भी मैं वहां कभी जाना मिस नहीं करता। मैं आज चार पांच दिनों बाद घर पहुंचा तो सुबह होते ही अपनी रूटीन में घूमने निकल गया। एक चक्कर लगाया इधर उधर देखा वही चहल पहल आरम्भ होना शुरू हो गई थी। तभी मेरी नजर सीढ़ियों पर बैठे एक दस ग्यारह साल के लड़के पर पड़ी। मैं उसके पास रूक गया। रूका इसलिए कि स्कूल की वर्दी में उसकी पीठ पर स्कूल का बैग था और मैदान पर हो रहे क्रिकेट की खेल को देखने में व्यस्त-मस्त था।

मैं खड़े होकर उसे देख रहा था और लगातार उसी पर नजर गड़ा रखी थी। उसने पहले मेरी ओर कोई ध्यान नहीं दिया परन्तु मैं खड़ा होकर उसे देखते ही जा रहा था तो उसने मेरी आंखों के साथ नजरें मिलाई और फिर मैच देखने लग गया।

मेरे दिमाग में प्रश्न उठने लगे कि यह बच्चा यहां क्यों, स्कूल का समय है इसे तो स्कूल में होना चाहिए। कुछ दाल में काला जरूर है। मैं उसे फिर से देख ही रहा था और जब फिर से हमारी आंखें चार हुई तो मैंने उसे हाथ के इशारे से ही पूछा कि कहां ?

"ग्यारह बजे।" मुझे उत्तर मिला। उत्तर उसने लापरवाही से दिया। उसका मतलब रहा होगा कि उसे मैच देखने दो क्या प्रश्न पूछ रहे हो ? मुम्बई में अधिकांश स्कूल शिफ्टों में लगते है ,यह ज्ञान तो मुझे था ही। मैं भी चुप हो गया कि उसका स्कूल ग्यारह बजे लगना होगा।

मेरे पूछने का अर्थ कई कुछ निकलता था। उसने निकाला भी होगा। मैं तो उससे सहज में ही पूछ रहा था, परन्तु मुझे लगा कि मैंने तो ऐसा कुछ नहीं पूछा जो उसका उत्तर था।

अब मुझे संदेह हुआ कि वह स्कूल से भागा है तो उससे पूछ ही लिया जाए,

"क्यों मेरे राजा आज स्कूल न गए ?"

"बोला न ग्यारह बजे।" इतना बोल कर वह चुप हो गया जैसे उसे अब मेरे से कोई लेना देना नहीं। उसे न सही परन्तु मुझे तो उससे कुछ लेना ही है, मैंने अभी टाईम देखा तो आठ ही बजे हैं। अरे आठ बजे हैं ग्यारह बजने में तो अभी तीन घंटे हैं। फिर यह यहां इस समय क्यों ?

मैंने उससे फिर पूछ ही लिया, "अभी तो आठ ही बजे हैं।"

"तो क्या होने का ? ग्यारह तो न बजे न ?" उसने कुछ सहमे हुए उत्तर तो दिया परन्तु लगा कि वह मेरे प्रश्न से कुछ खीजने लगा था।

"कैच कैच ... कैच अप।" वह मेरे ओर ध्यान न देकर जोर से चिल्लाने के साथ अपने हाथ से ऐसे क्रियाऐं कर रहा था जैसे वही मैदान में बॉल कैच कर रहा हो या बाहर से खिलाड़ियों को निर्देश दे रहा हो।

मेरा ध्यान भी मैदान की ओर गया, बैट्स मैन ने बल्ला घुमाते हुए जोर से बॉल को हिट किया था बॉल हवा में थी दो प्लेयर विपरीत दिशा से बॉल को कैच करने के लिए दौड़ रहे थे। मैदान में खेल रहे प्लेयर भी शाउटिंग कर रहे थे, " कैच इट कैच इट ..." और वे दोनों प्लेयर कैच करते समय आपस में भिड़ गए। भिड़ क्या गए आपस में इतने जोर से टकराए कि नीचे गिर गए और बॉल जमीन पर।

"ओ   शिट ..." कोई अंदर से ही जोर से बोला।

"ओ तेरे की ... बैड ..." यह मेरे पास बैठा लड़का जो अभी इस एक्शन पर खड़ा हो गया था। अब मेरी ओर देख भी नहीं रहा था। सोच रहा होगा कि अभी यह जाता क्यों नहीं मेरा भी मजा किरकिरा कर रहा है। अपने माथे पर जोर का हाथ मारा और वहीं बैठ गया।

दोनों खिलाड़ियों का आपस में भिड़ना मुझे भी रोमांचकारी लगा। दोनों की आपस में टक्कर से मुझे हंसी आई। इस एक्शन की प्रतिक्रिया में मैंने सर हिलाया, उससे अब कुछ नहीं पूछा और मैदान का चक्कर लगाना शुरू किया।

ग्राउंड इतना बड़ा था इसके साथ दो तीन पार्क भी अंदर अंदर से जुड़े पड़े हैं, इसका पूरा चक्कर काटना हो तो सारा एक किलो मीटर के लगभग बन ही जाता होगा मैं पूरा चक्कर काटने लगा। मेरा ध्यान भी अंदर खेल पर जा ही रहा था। ग्राउंड में

दो चार जगह पर और भी टीमें क्रिकेट खेल रही थीं परन्तु एक वही मेन थी जिसका अभी कैच भी छूटा।

दूसरे छोर पर फुटबॉल चल रहा था। ये लोग खेल की वर्दी में थे। टीम तो इनकी जूनियर ही लग रही थी परन्तु बड़ों से कम जोश इनमें भी नहीं था। मैं अभी उस कोने पर पहुंचा ही था वहीं बाहर से छोटे बच्चे चिल्ला उठे ''गोल गोल ... मेक इट ...''

वे इतने जोर से चिल्लाने लगे थे कि मुझे लगा कि क्या हो गया है और इसी के साथ मैं अंदर मैदान में झांकता हूं एक प्लेयर बॉल को अपने पांव से इतनी फुर्ति से ले जा रहा था कि उसके पीछे पड़े तीन प्लेयर उसे नहीं पकड़ पा रहे थे। मैं इसे पहले ही चलते चलते देख रहा था। परन्तु इन बच्चों के चिल्लाने से यह दृश्य भी रोमांचकारी हो गया था। उसने बॉल को हिट तो किया परन्तु वह गोल पोस्ट से लग कर बाहर की ओर चला गया।

''वोह हाय शिट ...''

मैच में दर्शक खेल में जान डाल देते हैं उन्हीं की वाह-वाही से एक रोमांच खेलने वालों के दिल में जागृत हो जाता है।

मुझे लगा कि प्लेयरों से चूक क्यों हो रही है। क्या दूसरी टीमें चुस्त हैं या ऐसा खेल में होता रहता है। ठीक भी है मैच एक तरफा नहीं होना चाहिए नहीं तो खेलने का रोमांच ही फिनिश!

मैं राउंड लगाता वहीं उसी लड़के के पास पहुंच गया वह मैच देखने में व्यस्त था, मेरी ओर वह देख भी नहीं रहा था। मैं जरा रूक कर खांसा तो उसने मेरी ओर तनिक देखा ही था कि मैंने पहले की तरह ही उसे हाथ से इशारा किया, तो उसका वही उत्तर,

''ग्यारह बजे ...'' और अंदर मैदान की ओर देखने लग गया।

मुझे इसकी क्रियाओं से लगने लगा था कि यह लड़का सोचने लगा है, 'यह आदमी उसके मनोरजंन में खलल क्यों डाल रहा है, चल दूर हट। उसी समय बैट्स मैंन ने जोर से एक बार फिर बॉल हिट किया और अंदर खड़े अंपायर ने चौके का इशारा किया।

तभी वह जोर से बोला, ''अरे स्पिनर को लगा ... स्पिनर ... अरे क्या होता तेरे को ... बोला न ... ?''

वह लड़का कुछ न कुछ बोली जा रहा था चाहे उसकी कोई सुनता चाहे नहीं। उसे भी इसकी परवाह नहीं थी और न ही अंदर खेल रही टीम को उसकी थी। वह बाहर खड़ा इस तरह से अंदर खड़े कैप्टन को निर्देश दे रहा था जैसे वह टीम का कोच हो। कैप्टन ने उस लड़के पर एक नजर डाली बोला कुछ नहीं। ओवर खत्म हो गया

था। बालर चेंज होना था और बालर स्पिनर लगा दिया गया। यह उस लड़के के कहने पर हुआ ऐसा नहीं शायद उसने बालर चेंज करना ही था।

मैं कुछ देर वहीं पर खड़ा हो गया। मेरा ध्यान भी इस लड़के ने खेल की ओर कर दिया था। स्पिनर का पहला ही बॉल और विकेट की गुल्लियां हवा में उड़ गईं। अंपायर ने उंगली खड़ी कर दी इधर यह लड़का भी उंगली खड़ी करते हुए अपने दोनों हाथों को उठाता हुआ खड़ा हो गया।

"आउट ... यही तो बोलता था तेरे को ... अरे बाबा ..."

मेरे को प्लेयर के आउट होने से क्या खुशी होती जो इस लड़के की क्रियाओं से होने लगी थी। वह तो एक टांग पर खड़ा होकर एक उंगली उठाकर गोल गोल चक्कर काटने लगा। उसे कोई चिंता नहीं कोई उसे देख रहा है कि नहीं वह तो अपने में ही मस्त, खेल का पूरा मजा ले रहा था ठीक उसी तरह का जैसे भारत पाकिस्तान का मैच चल रहा हो।

मैं अब अपना तीसरा और आखिरी चक्कर पूरा करने चल पड़ा, सोचने लगा, ' यह तो आपस का प्रैक्टिस मैच होगा, यह लड़का इस मैच में ही इतना खो गया है कि उसे अपनी होश ही नहीं। इस क्रिकेट ने तो भारत के युवाओं को पागल कर रखा है। इसी पागल पन के कारण भारत का क्रिकेट बोर्ड दुनिया में सबसे अमीर बन गया। बड़े बड़े नेता क्यों इस क्रिकेट बोर्ड में घुसते हैं। यह पागल पन तो क्रिकेट के प्लेयरों से लेकर बोर्ड के सदस्यों को अरबपति करता जा रहा है। अब खेल तो खेल नहीं रहा है। सट्टे का खेल बनता जा रहा है और देखने वाले मूर्ख बनते जा रहे हैं। सब अतुल्य भारत।'

सोचते सोचते मैं तीसरे राउंड को पूरा करते हुए उस लड़के के पास पहुंचा ही था तो वह अपनी जगह से उठ गया था सीढियां उतर रहा था क्योंकि खेल खत्म हो चुका था, मैंने उसके ऊपर नजर डाली तो अब वह मेरी ओर देख ही रहा था नजर मिलते ही बोल पड़ा,

"ग्यारह बजे ..."

मैं हंसने लग गया। अब तो वह सोचने लगा था कि मेरे से पूछने से पहले ही वह उत्तर क्यों न दे दे। उसका उत्तर सुन कर मैं भी हंसा। शायद हम अच्छे परिचित हो चुके थे।

वह क्रिकेट के खिलाड़ियों की कोई परवाह न करते हुए अपने स्कूल के बैग को अपनी पीठ पर उठाए रास्ते में पड़े छोटे छोटे कंकरों को पांव से ठोकर मारते हुए कुछ न कुछ मुंह में बुड़बुड़ाते हुए बिना इधर उधर देखे आगे की ओर जा रहा था।

मैंने भी उस पर एक नजर डाली और प्रातः के भ्रमण का आखिरी चक्कर पूरा करने लगा। सब प्लेयर कुछ न कुछ बातें करते चले गए। मैदान में अभी भी दूसरी टीमें अपने खेल में व्यस्त थी ही। उस लड़के ने दूसरी टीमों की ओर कोई दिलचस्पी नहीं दिखाई। हां उसकी पीठ के बैग पर मेरा ध्यान गया तो लगा कि उसके बैग में तो पुस्तक ही एक आध होगी खाली जैसा लगने लगा था। परन्तु मैंने उससे इस बारे कोई प्रश्न ही नहीं किया, करता भी कैसे ? वह तो अब दूर जा चुका था। परन्तु बैग के बारे कुछ शंका तो मेरे दिमाग में बन ही रही थी।

अगले दिन मैं अपने रूटीन से आया। मेरी नजर ग्यारह बजे को ढूंढने लगी थी। वह अपने स्थान पर नहीं था न ही वही टीम परन्तु उसी स्थान पर कोई दूसरी टीम खेल रही थी। फुटबॉल की टीम अपनी जगह पर और दो तीन जगह पर और टीमें क्रिकेट खेल ही रही थी मेरी दिलचस्पी तो ग्यारह बजे को ढूंढने में थी जो कहीं पर भी नजर नहीं आ रहा था।

शाम को मुझे अपनी पत्नी के साथ घूमने निकलना पड़ता था। दो काम हो जाते हैं सैर भी हो जाती और सब्जी आदि घर की जरूरी वस्तुऐं भी खरीद हो जाती। आज भी उसी तरह से निकला। मंदिर के चौराहे पर रूक गया वहीं पर बहुत सी सब्जियों की रेहड़िया लगी होती हैं। मुझे भिंडी चाहिए थी और पत्नी को बैंगन। दोनों अपनी पसंद की सब्जी देखने लगे तो मेरा ध्यान एक रेहड़ी पर अटक गया भिंडी के लिए नहीं परन्तु रेहड़ी के मालिक को मैं देखते ही जा रहा था। पत्नी दूसरी रेहड़ी पर से मुझे आवाज लगा रही थी। उसकी आवाज को अनसुना करते हुए मैं आगे बढ़ा,

"अरे ग्यारह बजे ..."

'हां दादा ग्यारह बजे ... क्या चाहिए ... नमस्ते ?"

"अरे तुम तो आज दिखाई ही नहीं दिए ? "

"अरे दादा अपन तो बुधवार को ही जाता है बुधवार को ही वह टीम खेलती है। दादा मुझे वो खिलाते ही नहीं। हम देख कर खुश होता ... अच्छा दादा बोल क्या दूं?"

मेरा ध्यान उसके क्या पर नहीं गया परन्तु रेहड़ी पर रखे उसके स्कूल के बैग पर गया जो वहीं पर पड़ा था।

"अरे ग्यारह बजे तुम स्कूल कब जाता है?"

वह हंसा, "अरे दादा कौन स्कूल जाता है सब लफड़ा है अपन को तो पेट भरना है। मेरा बाप है न वह सामने ... भी रेहड़ी लगाता है।" उसने हाथ से इशारा करके दूर लगी एक रेहड़ी बताई जहां महराठा पोशाक, सफेद रगं के कपड़े, सर पर सफेद टोपी पहने एक आदमी किसी गाहक को सब्जी बेच रहा था। वह आगे बोला,

"यह हमारी फैमिली का धंधा है। अम्मा नॉट फीलिंग वैल ... उसकी दवाईयां ... और छोड साब क्या करेगा जान कर। स्कूल का बैग तो सब नाटक, अपन इस लिए रखता है कि कोई यह नहीं समझ कि हम अनपढ़ है दादा, सात क्लास पढ़ा हूं सात क्लास पास ... सबको पालता हूं अम्मा को दवाई देता हूं ... कोई बी ए पास नहीं कर सकता जितनी कमाई मैं करता हूं मेहनत करता हूं ... यह देखो मेरा बैग। वो टीम वाले न दादा, मुझे अनपढ़ समझते हैं इसलिए बैग लाता हूं... सबको बताने के लिए आपन स्कूल का वर्दी भी डालता ... एक बार स्कूल छूटा ... तो .. सब खलास ..." अब उसकी आवाज मुझे कुछ भारी लगने लगी थी। और उसने बैग मुझे दिखाया उसमें एक ही कापी थी उसे बाहर निकालते हुए बोला,

"इस बैग में एक ही नोट बुक रखता हूं। कुछ हिसाब किताब कुछ अकांउट रेहड़ी अपन बिजनैस का, रखना पड़ता है न दादा।"

मैं उसकी ओर देख रहा हूं वह मेरी ओर देखके बोल रहा है .....

"दादा आप भिंडी ले लो अच्छी है एक दम फ्रैश ... किलो डाल दूं ..."

सोचने लगा अरे उसे कैसे पता चला मैंने भिंडी लेनी है वह भी फ्रैश ? मैंने हां में सर हिलाया ,

"पाव किलो ..."

"कितने पैसे ..."

"साब वही ... ग्यारह।"

मैं उसकी ओर देखता रहा। भिंडी का थैला संभालते हुए, बहुत से प्रश्न इस लड़के ने मेरे दिमाग में डाल दिए, क्रिकेट का खेल ... हमारे देश में बच्चों की पढ़ाई की व्यवस्था ... बॉल मजदूरी ... मां का बीमार रहना... मां बाप की सेवा ... टीम वाले उसे अपनाते नहीं और भी बहुत कुछ ... सोचते हुए, और घर पहुंचते पहुंचते हुए मुझे भी ग्यारह बज गए।

11.सरगम

बहुत दिनों के बाद मैं और पत्नी मुम्बई प्रवास के बाद घर लौटे थे। आदत के अनुसार अगली सुबह मैं घर के आंगन में गमलों को पानी दे रहा था तो मुझे 'पीं....पीं...' की आवाज सुनाई दी। बेसुरी सी आवाज जो बंद ही नहीं हो रही थी कानों में चुभन सी पैदा करने लगी तो मैंने बाहर झांक कर देखा गेट के पास एक ग्यारह-बारह वर्श का लड़का डंडे पर बहुत से रंग-बिरगें गुब्बारे बांधे हुए खड़ा पीपरी को बजा रहा था। मुझे देख उसकी पीपरी बीच में ही बंद हो गई, झुक कर बड़े अदब के साथ मुझे सलाम की। लड़का मेरे मन को भा गया,मैंने ऊपर से नीचे तक उस पर एक अनुसन्धानिक नजर डाली। मैं अभी उससे बात करने वाला ही था, पीछे से बहू भी आ गई, "डैड रोज ही एक गुब्बारा हम गुगू के लिए इससे खरीद लेते हैं। आज यह कुछ लेट आया है।"

मैं उस लड़के को देखने में व्यस्त था। मुझे वह उदास सा लगा। उसका उदास होना स्वभाविक ही था क्योंकि उसका माल तो बिक ही नहीं रहा था। डंडे में गुब्बारों की भरमार देख तो यही लगता था कि उसका एक आध गुब्बारा ही बिका हुआ होगा। जितनी देर में बहू उससे गुब्बारा लेने लगी मैं घर की छत पर पहुंच चुका था। मन में लड़का ही घूम रहा था। पीछे मुड़कर देखा तो वह अभी गेट के पास ही अपने गुब्बारों को ठीक करने में लगा था, मैंने उसे ऊपर बुला लिया," अरे छोकरे ऊपर आ जाओ।"

बस वह जैसे आदेश का इंतजार कर रहा था, उसे तो जैसे मोटर ही लग गई हो तेजी से ऊपर आ गया।

"साब सलाम, गुगू कहां है?" उसने एक बार फिर से सलाम किया।

"गुगू तो स्कूल चला गया है।"

"साब मुझे मालूम है वह स्कूल चला गया होगा, नहीं तो वह मेरी एक ही पीपरी की आवाज से अपनी मम्मी को लेकर बाहर आ जाता। साब उसके लिए कितने गुब्बारे

दूं?''

सोचने लगा गुब्बारा तो बहू ने ले ही लिया होगा फिर भी मेरे मन में न जाने क्या सूझी, ''दो दे दे।''

''साब तीन ले लो न!''

''अच्छा तीन दे दे।''

''साब चार ले लो न?''

''अच्छा चार ही दे दो।''

मेरे में बचपन लौट आया, उसी तरह की हरकत करने लगा सोचने लगा कि वह अब पांच बोलेगा परन्तु उसने आगे कुछ नहीं बोला तो मैंने उसे फिर पूछ ही लिया,'' क्यों अब तूने पांच क्यों नहीं बोला?''

''साब पांच कैसे बोलता जिनको मैं गुब्बारे बेचता था उनमें तीन लोगों ने आज नहीं लिए इसलिए मैंने चार ही बेचने थे। मुझे देर हो गई थी तो बच्चे स्कूल चले गए इसलिए गुब्बारे बिक नहीं सके। सो मैंने सोचा आप से ही कहूं, आप ने ले लिए। आपका शुक्रिया।''

बच्चा अच्छी तरह से बात कर रहा था। मैंने सोचा जरूर कुछ न कुछ पढ़ा होगा मैंने पूछ ही लिया, ''कुछ पढ़े हो?''

''हां साब आठ तक पढ़ा हूं।''

मुझे उसमें दिलचस्पी होने लगी। मैंने उसे बैठा लिया।

''साब बड़ी देर नहीं बैठूंगा नहीं तो मेरा माल नहीं बिकेगा।''

मैंने अपनी बहू को उसके लिए चाय और कुछ खाने को लाने के लिए कहा। वह तो इनकार ही करता रहा परन्तु मेरे आग्रह पर बैठ ही गया।

''तुम्हारा नाम क्या है?''

''मेरा नाम चमन है मां मुझे बड़े प्यार से चमनु पुकारती है।''

''अच्छा चमनु तूने स्कूल क्यों छोड़ा?''

''साब मेरे बापू को अधरंग पड़ गया। मां की मजदूरी से हमारा पेट नहीं भरता था। दूसरा मां बापू की सेवा भी तो करती है। बापू तो अब चल फिर भी नहीं सकते। तो कहां पढ़ पाता। किस के सहारे पढ़ पाता?''

मैने देखा कि बोलते-बोलते उसकी आंखें भर आई थीं। इतने में बहू उसके लिए चाय ले आई। उसका ध्यान चाय की ओर हुआ तो चुप हो गया फिर बोलना आरम्भ किया, ''साब जी आज बापू की तबियत कुछ ज्यादा ही खराब थी, मां उनके साथ लगी रही तो मुझे देर हो गई और मेरे ग्राहक स्कूल चले गए।'' अब वह मुस्कुराने लगा तो

मैं भी उसके साथ मुस्काया।

'मां को सुबह ही खाना तैयार करना पड़ता क्योंकि चमनु को गुब्बारे बेचने आठ बजे से पहले जाना होता। तीन सदस्यों के परिवार में वही तो सुबह उठ जाती थी। उठते ही वह खाना बनाने में जुट जाती। जब खाना बनने को तैयार होता तो चमनु को उठाती। चमनु भी छोटे बच्चों जैसा व्यवहार न कर एक दम से उठ जाता। जितनी देर में उसकी मां खाना लगाती उतनी देर में वह अपने नित्य कर्म करके गुब्बारों में फूंक मार-मार कर फुलाता तो जाता ही साथ में उन्हें डंडे के साथ बांधता भी रहता। अगर उसे थोड़ी देर होती तो उसका सारा दिन बेकार जाता या उसे और मेहनत करनी पड़ती। बच्चों को जब तक उन्हें छुटटी नहीं हो जाती तब तक उसे भी स्कूल के बाहर रूकना पड़ता। आठ बजे तक बच्चे स्कूल चले जाते तब तक ही उसे अपना काम पूरा करना होता। उसे भेजने के बाद उसकी मां पक्षाधात से पीड़ित अपने पति की सेवा में लग जाती। उसकी सेवा टहल करने के बाद वह मनरेगा के काम पर चली जाती।' यह जानकारी मुझे चमनु ने ही दी।

उसे मैंने बातों में लगा दिया, मेरा ध्यान उसकी चाय पर गया तो मैंने कहा,

"चमनु पहले चाय पी ले फिर बात करते हैं।"

वह बड़े प्यार से चाय की चुस्कियां लेने लगा। साथ में बहू ने बिस्कुट एक प्लेट में रखे थे उसे बड़े चाव के साथ खाने लगा। वह बिस्कुट खाने में इतना मस्त हो गया था शायद उसने बहुत दिनों के बाद चाय के साथ कुछ खाया हो! मैं उसे ध्यान से पढ़ने की कोशिश कर रहा था, "अच्छा चमनु सारे दिन में तुम कितना कमा लेते हो?"

"साब जी पच्चास से सौ रूपया कमा पाता हूं बड़ी मुष्किल से।"

"इससे तुम्हारा क्या बनता है?"

"साब जी मैं मजदूरी भी करने लगा था उससे दो सौ रूपए मिल जाते थे पर....." वह चाय की चुस्की लेकर चुप हो गया, तो मैंने उससे पूछा, "...पर क्या..?"

"साब जी दूसरे तीसरे दिन पुलिस वाले पकड़ के ले जाते थे। थाने में बैठा लेते डांट के कहते, 'तुम छोटे हो मजदूरी नहीं कर सकते। मालूम है बाल मजदूरी करना कानूनी अपराध है।' जब मैंने कहा रोटी कहां से खाऊंगा, तो एक पुलिस वाले ने मेरे चुतड़ पर दो तीन डंडे लगाए और भेज दिया। मैंने तो सोचा था कि वे मेरे से पैसे मांगेंगे परन्तु बेचारे बड़े रहम दिल निकले मुझे छोड़ दिया। डंडे बड़े जोर से मारते हैं, साब जी। एक हफ्ते तक दर्द नहीं गया।" अभी भी उसने अपने पीछे जहां उसे डंडे पड़े होंगे हाथ फेरा, उसकी चाय खत्म हो गई थी। वह मुस्काने लगा, "साब जी अब जाऊं?"

"तेरी मां को इस बात का पता नहीं चला कि पुलिस वाले तुझे ले गए हैं?"

"साब जी पता नहीं चला । मैंने मां को इस बात की भनक तक नहीं पड़ने दी। वह वैसे भी मनरेगा के काम पर गई हुई थी। एक तो पहले ही बापू के रोग के कारण परेशान दूसरे मेरा पता चलता तो वह बिना पानी की मछली की तरह तड़फती। मैं मां को दुखी नहीं देख सकता साब जी।"

"अच्छा पुलिस वालों की मार से जो तुझे दर्द हुआ था उससे भी तेरी मां को पता नहीं चला?"

"जब मैं लंगड़ा करके चलता तो मां ने पूछा जरूर था परन्तु मैंने उसे टाल दिया। अच्छा साब जी अब तो मैं जाऊं?"

मैंने इसका बातों में बहुत समय ले लिया था तो मैंने कहा, "तुम जा सकते हो। हां रोज आया करो अगर गुगू स्कूल चला गया हो तब भी एक गुब्बारा दे जाया करो।"

"साब जी गुगू का बर्थ डे कब होता है? उस दिन आप मेरे से बहुत से गुब्बारे खरीदोगे न? "

उसने यह प्रश्न इतने भावुक ढंग से पूछा कि मेरा मन भर आया,"जिस दिन तेरे गुब्बारे कहीं नहीं बिकेंगे उस दिन यहां आ जाना हम बहुत सारे गुब्बारे ले लेंगे।"

वह खुश हो गया और गुब्बारे की पीपरी बजाता हुआ चला गया।

उसके जाने के बाद मेरे दिमाग में चमनु ही छाया रहा। पुलिस वाले भी उसे ही पकड़ के ले गए और जो बाल मजदूरी करवाते हैं उन्हें तो पुलिस वालों ने कुछ नहीं कहा होगा? सरकार ने बाल मजदूरी प्रतिबंधित तो अवश्य की है परन्तु चमनु जैसे वालको के बारे क्यों नहीं सरकार ने सोचा? मजदूरी नहीं करेगा तो घरवालों की मदद कैसे करेगा? ग्यारह वर्ष उसकी कमाने की उम्र तो नहीं है, परन्तु वह क्या करे? क्या वह पढ़ सकता है? उसका बचपन उससे छीन लिया गया है। कौन है इसके जिम्मेवार? सरकार, समाज, या उसका कर्म उसकी पीपरी की आवाज मुझे दूर से भी सुनाई दे रही थी और रात तक मेरे कानों में प्रतिध्वनित होती रही। अब यह ध्वनी बेसुरी नहीं रही, इसमें घर के प्रति कर्तव्य का स्वर, हास का स्वर, और बचपन की पीड़ा का स्वर सुनाई देने लगा था। अब तो करूणा, शोक, वीभत्स, हास, परिहास, सुख-दुख सातों स्वर का राग उसकी पीपरी में मुझे सुनाई देने लगा था। अब समझ आने लगी कि संसार की हर ध्वनि में सरगम रहता है जीवन का राग ही सरगम है कभी खुशी कभी गम।

दो चार दिन व्यतीत हो गए। चमनु अपने समय पर आता, उसकी पीपरी की ध्वनि गुगू के कानों में पड़ते ही वह पुकार उठता, "मम्मा गुब्बारे वाला भईया..." और अपनी मम्मां को पकड़ कर उसके पास ले जाता। यह सिलसिला चलता रहा। मैं ऊपर से अपने

कमरे की खिड़की से सब देखता रहता। वह गुगू को बहुत प्यार से मिलता। गुगू भी उसे बाई-बाई कहता।

एक दिन गुगू ने अभी उससे गुब्बारा लिया ही कि वह पकड़ते ही फट गया। बस फिर क्या था गुगू को मालूम था कि उसे तो एक ही मिलना है वह रोने लगा। मेरा ध्यान उसके रोने की ओर गया। मैं तुरन्त ही समझ गया कि गुब्बारा फट गया है तभी गुगू महाराज जी रो रहे हैं ताकि उसे एक नया मिल जाए। मैं यह सब देख ही रहा था चमनु ने तुरन्त ही एक गुब्बारा और निकाल कर गुगू को दे दिया, "मेरे भैया इस तरह नहीं रोते। यह लो नया गुब्बारा यह कितना सुंदर है उससे भी अच्छा है।"

गुगू ने अपना रोना इस तरह से बंद किया कि जैसे कोई टेप चल रही हो और स्विच बंद होने पर आवाज रूक जाती हो! गुगू महाराज भी तो चमनु के पक्के दोस्त बन गए थे अपनी मां को इस गुब्बारे के पैसे दिलाने के लिए अपने रोने की टेप फिर आरम्भ कर दी और बहू को पैसे देने पड़े जबकि चमनु इनकार करता रहा तो गुगू कहता, "ले ले भईया..." और तब जाके गुगू की रोने की टेप बंद हुई थी।

अब तो चमनु की फिल्म बार-बार मेरे दिमाग में चलती रहती। सोचने लगा कि इस लड़के की जरूर मदद करनी चाहिए। मैं बाजार से उसके साईज की एक कमीज ले आया। अगले दिन ज्यों ही उसकी पीपरी की ध्वनि सुनी कि गुगू की आवाज सारे घर में गूंज उठी," मम्मा गुब्बारे वाला भईया..." आज पत्नी भी तो उसका इंतजार कर रही थी। वही गुगू को लेकर गुब्बारे लेने गई और वह कमीज भी उसे दे दी। वह कमीज को देख कर खुश हुआ।

अगले दिन उसने वह कमीज डाली हुई थी। उस कमीज में वह लग ही नहीं रहा था कि फेरी वाला है? हम सब घर वाले बड़े खुश हुए। तब मन में आने लगा कि इस लड़के को आगे पढ़ाया जाए। यह तो गुब्बारे बेचने वाला लड़का नहीं है। अच्छी तरह से बात करता है, बड़ों की इज्जत करता है, देखने में भी सुन्दर है। हम भी फूले नहीं समा रहे थे कि चमनु ने हमारी कमीज डाली है।

अगले दिन सुबह मैं अपनी छत पर टहल रहा था तो उसकी पीपरी की आवाज ने मेरा ध्यान उसकी ओर खैंचा,' अरे आज तो उसने अपनी पुरानी फटी पैबंद वाली कमीज डाली हुई है। सोचने लगा कि नई कमीज मैली हो गई होगी धोने के लिए घर पर रख आया होगा। जब तक गुगू उससे गुब्बारा लेता मैं भी उसके पास पहुंच गया था। इससे पहले मैं उससे प्रश्न पूछता मेरी पत्नी जो गुगू को लेकर गुब्बारा खरीदने गई थी उसी ने ही उससे पूछ लिया, "चमनु नई कमीज आज खोल आया?"

"हां आंटी जी कमीज को मुझे घर में ही छोड़ना पड़ा।"

“क्यों,...?” मैंने और मेरी पत्नी हम दोनों के मुख से एक दम निकल पड़ा। वह चुप रहा,बड़ा उदास लगने लगा। उसकी आंखें भर आईं। उसे चुप देख मेरी पत्नी ने उसकी पीठ पर बड़े प्यार से हाथ रखते हुए पूछा, “बोल बेटे....कुछ हुआ..?”

“आंटी जी, कल मैं जब उस कमीज को डालकर गया तो लोग कहने लगे कि इस हराम जादे को गुब्बारे बेचने से आमदानी हो गई है देखो कितनी महंगी कमीज डाल के आया है। या किसी की मारी होगी, बड़े बदमाश चोर होते हैं ये लोग। अब इसको कहो कि पांच रूपए के दो गुब्बारे दिया करे,और इसलिए गुब्बारे भी बहुत कम ही बिके।” कहते हुए वह चुप सा हो गया। उसकी आंखें तो पहले ही भर आईं थीं अब छलछला उठीं। शायद सोच रहा हो कि समाज उसे अच्छे कपड़े भी पहनने का हक नहीं देता। अपने जीवन को कोसने लगा हो।

मैं अब यही सोच रहा था कि इसकी मदद किस तरह से की जाए जिससे समाज के ठेकेदार इस पर कोई ऐसा प्रहार न करे जिससे उसे कोई चोट आए, मैंने उसे कहा,“ चमनु कल मेरा जन्म दिन है तो जितने तेरे पास इस समय गुब्बारे होंगे सब ले आना और खाना भी हमारे साथ ही खाना। सुबह अपने काम कर जाना सांय चार बजे इधर आना।

“ठीक है साब...” कह कर वह पीपरी बजाता हुआ खुशी-खुशी चला गया। मुझे अब उसकी पीपरी की ध्वनि की सरगम में हास-परिहास का राग सुनाई देने लगा। गुगू भी उसे एक टक देखता रहा, हो सकता है उसके भी कुछ समझ में आ गया होगा।

हम अपनी सीढ़ियां चढ़ने लगे। गुगू एक के बदले दो-दो सीढियां चढ़ने लगा। मैं चमनु के बारे सोचने लगा हुआ था कि समाज के कुछ प्राणियों का सोचने का ढंग अलग ही होता है। तभी गुगू का पांव फिसला और वह इस तरह से गिरा कि गुब्बारा उसके नीचे आके फट गया। क्षण भर तो वह चुप रहा जब हम दोनों की नजरें उसके साथ मिली तो वह झट से रोने लगा। तभी उसकी दादी मां उसे गोद में उठाकर सीढ़ियां चढ़ने लगी, “दादू ने सायं को चमनु को बुलाया है वह कितने गुब्बारे ले आएगा। तेरे सामने उसे कहा न?”

गुगू ने हां में सर हिलाया। अब वह चुप भी हो गया।

“तुम ढेर सारे गुब्बारे लेना... ठीक है न...?”

“मैं पांच गुब्बारे लूंगा...” उसने अपने दाएं हाथ को उठाकर पांच का पहाड़ा भी पढ़ा दिया और दादी मां से वह खुश होकर पारी करने लगा, फिर भी उसने दादी मां से पूछ ही लिया,“चमनु ने नई कमीज क्यों नहीं डाली?”

अब दादी मां ने उससे एक पारी ली, “वह कल डालके आएगा।”

गुगू दादी मां की गोद में ही था उसका मुंह पकड़ कर अपनी ओर किया और उसकी आंखों में देखता रहा, शायद वह दादी मां को पढ़ने की कोशिश कर रहा था कि वह कुछ उससे छिपा तो नहीं रही है?

सायं के चार बजे ही चमनु एक बड़ा पैक्ट गुब्बारे का ले आया। आज तो वह हमारी दी हुई कमीज़ डाल कर आया था। कमीज़ में वह बहुत ही अच्छा लग रहा था। मैंने उसे छत पर बुला लिया उसे कहा, ''चमनु तुम्हें यह कमीज बहुत अच्छी लगती है। इसे डालते रहा करो।''

''साब जी, चाहे कुछ भी हो मैं अब अपने ढंग से ही रहूंगा।''

मुझे उसका जबाब बहुत अच्छा लगा। मैंने उसे प्यार किया, उसे यहां पर गुब्बारे फुलाने और उन्हें लगाने के लिए कहा। उसे गुब्बारों के पैसे भी उसी समय दे दिए कि कहीं मैं भूल न जाऊं।

सायं को मैंने अपने कुछ मित्र बुला रखे थे। चाय पानी का इंतजाम रखा गया था। एक मित्र ने पूछा, ''भाई बड़े गुब्बारे लगाए हो, क्या है?''

''कुछ नहीं बुढ़ापे में कुछ न कुछ होना चाहिए, तभी तो जवानी की तरह जोश बना रहता है।''

''तेरी थ्योरी तो तुम ही जानो हमारे घर में तो सौ झंझट ही खत्म होने को नहीं आते।'' हंसते हुए एक मित्र बोले जा रहा था।

गुगू और चमनु गुब्बारे फुलाने में लगे हुए थे। गुगू से गुब्बारे फुलाए तो नहीं जा रहे थे, परन्तु चमनु के फुलाए हुए गुब्बारे गुगू से फटते जा रहे थे। गुब्बारे के फटते आज वह रो नहीं रहा था क्योंकि उसे बहुत से गुब्बारे दिखाई दे रहे थे और गुब्बारे फोड़ना उसके लिए खेल बन गया था। कुछ तो उसने पहले ही अपनी जेब के हवाले कर दिए थे। वह चमनु के साथ मस्त था, वह आज बहुत खुश था।

''शर्मा जी जो सामने लड़का गुब्बारे फुला रहा है यह वह गुब्बारे बेचने वाला लड़का ही नहीं है?''

''हां भाई वही है। यह हमारे गुगू और मेरा दोस्त है। इसलिए आया है। तुम अपनी कुछ बात सुनाओ?'' मैंने बात बदलनी चाही,वह भी अपने को समाज का एक ठेकेदार समझता था। वह क्या बोल दे मुझे डर लगने लगा था क्योंकि चमनु के कान हमारी बातों की ओर ही थे।

''अरे शर्मा जी तुम्हें भी दोस्ती के लिए यही रहा, गिरे हुए सड़क छाप लोग?''

''चुप कर आगे कुछ मत कहना।'' मैं गुस्से में बोलने लगा। चमनु सब सुन रहा था। मेरा दोस्त मेरी बात से नाराज होकर उठकर चला गया। मैंने उसे मनाने की कोशिश

नहीं की। मेरी चार आदमियों की पार्टी इस घटना से कुछ फीकी सी लगने लगी।

पार्टी का तो कुछ नहीं परन्तु यह सब बातें चमनु ने सुन ली थी। इसलिए मुझे बुरा सा लगा। वह भी भारी सा मन लेकर चला गया। मैंने उसे जाते हुए उसकी मां के लिए मिठाई आदि दी। तब मुझे पता चला कि उसे जो यहां पर खाने को मिठाई समोसे दिए थे उसमें से भी उसने अपनी मां के लिए रख छोड़े थे। मैंने उसके सर पर हाथ रखकर उसे फिर आते रहने के लिए कहा। जैसे उत्साह से वह खुशी-खुशी आया था अब मायूस ही लग रहा था, शायद मेरे दोस्त की बात उसे चुभ गई हो।

सोचने लगा कि कुछ लोग ऐसे हैं जो समाज में इस तरह की खाई को पाटने का काम कभी नहीं करते। अब जब भी मैं खाली होता तो चमनु के बारे में ही सोचने लगता कि उसे पढ़ाने का काम कैसे किया जाए?

आजकल गुगू रोज ही सुबह मेरे पास आता, "दादू गुब्बारे वाला नहीं आया?"

"बेटे नहीं आया तो आज जा कर उसके घर देख आऊंगा।"

"आज देख आना, आप डेली बोलते हो परन्तु जाते नहीं हो?"

"आज जरूर जाऊंगा ओ के..." मैंने उसे मना ही लिया।

गुगू सच ही तो कह रहा था आज चार दिन हो गए । उसकी पीपरी की सरगम सुनाई ही नहीं दी। हमारा गुगू भी उससे इतना अटैच हो गया था कि उसे उसकी चिंता होने लगी थी। गुब्बारे तो उसके पास उस दिन के अभी तक भी ढेरों बचे थे। मैं जल्दी से उठा और उसके घर की ओर चल पड़ा।

दस मिनट में ही उसके घर के बाहर मैं पहुंच गया। एक कमरे का कच्चा घर बाहर इसके साथ ही बरामदा। बरामदे में इधर से उधर एक डोरी बंधी हुई थी जिसमें कपड़े टंगे हुए थे। मेरे द्वारा दी गई कमीज भी धो कर उसी डोरी पर टंगी हुई थी। चमनु अंदर अपने बापू के पास बैठा उसकी टांगों को दबा रहा था। उसकी मां भी वहीं बैठी थी। साथ में दो अजनबी से लोग जो संभवतः उनके रिश्तेदार लग रहे थे बैठे थे। उसकी मां ने जब मुझे देखा तो उसने चमनु को इशारा किया, वह मेरी ओर बाहर आ गया।

उसकी आंखें नम थी। मुझे समझने में देर नहीं लगी कि उसके बापू की तबीयत ठीक नहीं है। बाहर आते ही वह बोला, "साब जी बापू ठीक नहीं हैं। इसलिए मैं नहीं आ सका। अमां कह रही है...बस अब बापू एक आध दिन के ही मेहमान हैं..., मेरे बापू ...पता नहीं क्या हो गया....? हम दवाई भी तो नहीं दे सके..." वह आगे कुछ नही बोल पा रहा था । उसका गला अवरूद्ध हो गया। इसके साथ अब तो मेरा गला भी ...मैंने पांच सौ का नोट जेब से निकाला और उसे दे दिया, "...इसे अपनी मां को दे देना..." मैंने उसके सिर पर हाथ रखा और लौटने के लिए मुड़ा तो देखा सामने

उसका गुब्बारे वाला डंडा एक कोने में पड़ा था उसमें बंधे गुब्बारों की हवा निकल चुकी थी। सब गुब्बारे पिचके हुए झुरियों वाले लग रहे थे जैसे वे भी घर के एक सदस्य के बीमार होने पर मायूस हो गए हों। साथ में गुब्बारे वाली पीपरी भी लटकी हुई थी। आज उसके सरगम के स्वर भी उदास थे,आज पीपरी का स्वामी उसमें हवा फूँकने के योग्य नहीं रहा था।

मैं गुब्बारे और पीपरी को थोड़ी देर रूक कर देखते हुए भारी मन से लौटने लगा...यह सोचने लगा कि घर में गुगू को क्या कहूंगा? तभी मुझे चमनु के स्वर सुनाई दिए, ''साब, रूको।''

मैने पीछे मुड़कर देखा। चमनु डंडे में बंधे गुबारों में से एक गुब्बारा निकाल कर उसमें हवा भरने लगा। हवा अभी आधी ही भरी गई तो उसने उसे मेरी ओर करते हुए कहा, ''साब गुगू को दे देना...।'' और वह अपनी आंखें मलता हुआ अंदर की ओर चला गया।

और मैं हाथ में गुब्बारा पकड़े घर की ओर मुड़ा कानों में जैसे चमनु की पीपरी की ध्वनी की सरगम बजने लगी। जिंदगी की यह सरगम हमें सुननी ही पड़ेगी परन्तु इस समय इस द्वंद्व ने मेरे कदम भारी तो कर दिए। कुछ देर चलने के बाद मैने मुड़ कर देखा चमनु अपने बरामदे में अपनी कमीज के नीचे खड़ा मुझे देख रहा था। सूखने के लिए डाली रस्सी पर पड़ी कमीज़ के बाजू हवा से बेसहारा हिल रहे थे मानों वे मुझे टाटा कर रहे हों।

12. सिग्नल

बेस्ट हड़ताल का आज तीसरा दिन था। मैं यारी रोड़ के गणेश-साईं मंदिर के बस स्टाप पर खड़ा बस का इंतजार कर रहा था। मुझे किसी से मालूम चला कि सरकार ने एक वैकल्पिक व्यवस्था प्राइवेट बस आपरेटर के माध्यम से कर रखी है ताकि जनता को आने जाने में कोई तखलीफ न हो। वैकल्पिक बस का पता लगते ही मेरे साथ और भी बहुत से लोग बस का इंतजार करने में बस स्टाप पर खड़े थे। जब एक घंटे से ऊपर खड़े होने का पर भी कोई व्यवस्थित बस नहीं आई मेरे साथ के लोग पहले ही छंटने लगे थे। मैं भी अब अंधेरी स्टेशन जाने के लिए स्कूटर की तलाश में तो था परन्तु कोई स्कूटर ही खाली नहीं जा रहा था। स्कूटर वाले आज तो साईड पर खड़ी स्वारियों को देख तक नहीं रहे थे। समय समय की बात होती है कभी हम स्कूटर वालों को देखते रहते हैं कभी स्कूटर वाले स्वारियों को। लग रहा है सरकार पर बेस्ट के हड़ताली वीरों का कोई असर ही नहीं पड़ रहा था। यात्री अपनी व्यवस्था उसी प्रकार से कर रहें हैं 'यात्री अपने सामान की स्वयं जिम्बेबार ह' लिखा होता है। ठीक भी है सरकार तो कभी जिम्बेबार रही ही नहीं जनता ही सब ओर भागती है वह स्वयं ही जिम्बेबार होती है।

मैं जब भी मुम्बई आता हूं तो चोर बाजार अवश्य जाता हूं। इसे चाहे मेरी हॉवी समझ लीजिए या मेरा शौक, वहां जाने से चूकता ही नहीं हूं। कितनी बार सोचा भी कि रहने देना चाहिए फिर भी दिल है कि मानता ही नहीं।

पुरानी चीजों का शौक जो पाल रखा है यही मुझे शुक्रवार को चोर बाजार की ओर खैंच कर ले आता रहा है। इसी शौक में कई बार कुछ फालतू की चीजें भी आ जाती हैं जिसे पत्नी कुड़ा कवाड़ समझ कर चुपके से किसी को दे आती हैं साथ में मुझे भी शाबाशी के कुछ टिप देना नहीं भूलती है।

हड़ताल के कारण पत्नी इनकार भी करती रही परन्तु मन नहीं माना, सुबह ही चल पड़ा। बड़ी देर बस स्टाप पर खड़े होते हुई कोई बस न आने से आज जाना ही

संभव नहीं हो रहा था। तभी एक सज्जन ने मुझ से कहा,

"एक स्कूटर कर लेते हैं दोनों पूल कर लेंगे ?"

"बहुत ही अच्छा रहेगा। मुझे पूल करने में कोई हरज नहीं ... साथ भी रहेगा।" मैंने सहर्ष उत्तर दिया।

एक ओर हो कर हम दोनों खड़े रहे। स्कूटर वाले को आवाज लगाते कभी मैं लगाता तो कभी दूसरा लेकिन कोई स्कूटर खाली नहीं मिलता। दोनों निराश सरकार की व्यवस्था पर प्रश्न भी करते रहे परन्तु करते भी क्या ...। तभी एक स्कूटर जिसमें दो आदमी पहले ही बैठे थे, हमारे आगे अपने आप रूका,

"अंधेरी स्टेशन जाना है ?" वह बोला।

"हां भाई हां।" हम दोनों ने एक साथ कहा।

"तीस रूपए लगेगा सबके साथ एडजस्ट भी होने पड़ेगा ... ठीक है तो बैठो ..."

हम उसमें बैठ गए। सोचने लगा यह तो और भी अच्छा हुआ। अकेला स्कूटर पर जाता तो अस्सी रूपए के आस पास किराया लगता। यहां तो तीस रूपए से ही काम हो जाएगा, बैठ गया। दूसरा भी स्कूटर चालक के साथ आगे बैठ गया। सरकार की व्यव्स्था वाली अभी तक तो कोई बस नहीं आई थी। स्वतः ही व्यवस्था हो गई। मैं खुश हो गया।

स्कूटर के चलते ही विचार आने लगा कि धन्य हो यह माहानगर! इस महानगर में बस के सिवाय दूसरे बहुत से विकल्प हैं जिनसे मुम्बई दौड़ती रहती है नहीं तो सारी मुम्बई में एक ही दिन में हाहाकार मच जाता। स्कूटर है, टैक्सी है, ओला है,मोटर साइकल है और सबसे बड़ा यहां भाई चारा है। बस पैसा जेब में चाहिए ... फिर सब चलेगा, दौड़ेगा ...'

तीन यात्रियों के स्थान पर हम एक ही स्कूटर में चार हो गए थे। कोई बेअरामी भी महसूस नहीं कर रहे थे। स्कूटर चालक ने रेलगाड़ी की तरह धीरे धीरे स्पीड पकड़ ली थी। सड़क उभड़-खाबड़ होते हुए भी ओवर लोड होने के कारण जंप भी कम लग रहे थे। तभी मेरा ध्यान साथ चल रहे दूसरे स्कूटरों पर गया तो देखा हर दूसरे स्कूटर में चार और पांच स्वारियां ही बैठी हुई थीं।

मैंने स्कूटर वाले से पूछा,

"भाई कब तक यह बस वालों की स्ट्राइक चलेगी ?"

"साहब जी, हमारी ओर से तो कभी यह स्ट्राइक टूटे ही नहीं। जब तक स्ट्राइक है हमारी कमाई और दिनों से दूगनी हो गई है। अभी एक स्वारी और मिल जाए तो मैं उसे भी बैठा लूं , मेरा काम भी बन जाएगा और स्वारी का भी ..."

“भाई और बैठाएगा तो अब हमारा कचूम्बर ही निकालेगा क्या ?”

“साहब यह तो आप तब बोल रहे हैं जब आपको स्कूटर मिल गया। बाहर खड़ी हर स्वारी आज चाह रही है कि उसे कुछ तो ले जाने वाला मिले तो सही, फिर वह चाहे किसी भी तरह से जाए ..... ”

बोल तो वह सही रहा था। जब उन्हें कुछ नहीं मिल रहा था वे भी यही सोच रहे थे कि कुछ भी मिल जाए या कैसे भी मिले .... न आज कोई टैक्सी मिल रही थी न स्कूटर ही .....

आदमी भी क्या है अपना काम हो जाए दूसरे जाए भाड़ में .... हमारी मानसिकता भी कैसी बनने लगी है।

तभी एक जंप जोर से लगा और अंदर सब बैठे जोर से उछले।

“अरे भाई जरा देख कर चला न ?”

स्कूटर में बैठी एक स्वारी ने कहा। उसने भी ठीक कहा। वह स्कूटर को एक बड़े गढ़े पर उसी स्पीड से ले गया। अंदर सब बैठे कुछ न कुछ बोलने लगे थे।

“अरे मार देगा क्या ?”

लेकिन स्कूटर चालक कुछ नहीं बोला। उसे मालूम था कि वह गलती पर था।

फिर भी उसकी स्पीड कम नहीं हुई। वह उसी गति से भाग रहा था। फर्राटे से चल रहा था, कारों तक को पीछे छोड़े जा रहा था। उसके आगे कोई नहीं बढ़ पा रहा था। ओवर लोडिड स्कूटरों में सभी में होड़ लगी हुई थी। एक दूसरे किसी को पास नहीं दे रहा थे। वह भी अपनी ही धुन में तेज चले जा रहा था।

उसकी तेज स्पीड को देखते हुए सोचने लगा कि कहां फंस गया। यह तो किसी दूसरे पर चढ़ा देगा या हमें कहीं गढ़े में ही ... स्पीड ब्रेकर का भी वह ध्यान नहीं रख रहा था। सड़कों का तो हाल ही खराब हो रहा था, हां पहले से तो कुछ सुधार जरूर था परन्तु इस स्थिती को अच्छा भी तो नहीं कहा जा सकता। ध्यान मेरे साथ सभी स्वारियों का सड़क पर ही था। सभी ने स्कूटर को पूरी ताकत के साथ पकड़ा हुआ था।

स्पीड के डर का भाव पैदा होने पर अंदर बैठी एक स्वारी ने उससे पूछ ही लिया,

“जरा देख के भाई ...”

स्कूटर चालक ने उस ओर मुड़ कर पीछे देखा।

“अरे अरे ... ध्यान से ... भाई आज तूने कुछ करना है।”

दरअसल जब वह पीछे स्वारी की ओर देखने लगा तो एक भीख मांगने वाली बुढ़िया एक छोटे से बच्चे के साथ सड़क पार कर रही थी। स्कूटर उस पर ही चढ़ने

वाला ही था परन्तु अपनी फुर्ति दिखाते हुए उसने स्कूटर दूसरी ओर तुरन्त मोड़ा ही था तो दूसरी ओर से भी एक स्कूटर इसी गति से आ रहा था सब बाल बाल ही बचे।

स्कूटर वाला अपनी गलती तो नहीं मान रहा था वह उल्टा ही बुढ़िया पर बरस पड़ा,

"हे बुढ़िया दिखाई नहीं देता क्या। पहुंच गई थी सीधे ऊपर ...हां ..."

मुझे उसका बुढ़िया के लिए इस तरह से कहना अच्छा नहीं लगा। सभी अंदर बैठे हुओं को बुरा लगा ही होगा। और सड़क पार करने वाली बुढ़िया तो कुछ बोल ही नहीं पा रही थी, उसे तो शायद रोज ही इस तरह से सुनने को मिलता होगा। वह तो एक हाथ मांगने के लिए उठाए दूसरा बच्चे को पकड़े आगे निकल गई थी। व्यवस्था ही इस तरह की है, अब जब दुनियां में आऐ हैं तो जीना ही पड़ेगा सब गम सहना पड़ेगा।

"भाई आप यू पी के लगते हो ...?" स्कूटर में बैठी स्वारी ने पूछा।

स्कूटर चालक पहले तो कुछ नहीं बोला। उसे मालूम चल पड़ा था कि अंदर जितनी भी स्वारयिां बैठी हैं उसके तेज चलाने पर नाराज हो रहीं है। थोड़ी देर के बाद बोला,

"हां साहब यू पी का हूं ... क्या करें परिवार का पेट तो पालना है और आजकल स्ट्राइक के कारण कमाने का मौका मिला है तो कुछ तेज ही चला रहा हूं परन्तु ध्यान से चला रहा हूं आप डरो मत ..."

अब उसका ध्यान सड़क पर था। आगे गाड़ियों का जाम लगा था तो उसे भी रूकना पड़ा। पीछे से दूसरे बार बार हार्न दे रहे थे। तभी उसने अपनी मुंड़ी स्कूटर से बाहर निकलते हुए बोला,

"अरे हार्न क्यों दे रहा है, जल्दी ऊपर जाने की पड़ी है ? आगे रेड सिगनल है।"

"मालूम है फिर भी हार्न बजाएगा ही .... यह हिन्दोस्तान है !" अंदर बैठी एक स्वारी ने कहा।

अब स्कूटर चालक मुस्करा कर ही बोलने लगा था। सिग्नल पर खड़े थे .... कुछ ही क्षणों में कतार बहुत लंम्बी तो हो रही थी स्कूटर वाले भी एक के पास दूसरा आगे घुसने में लगा था।

"साहब बुरा मत मानना ... इस स्ट्राइक के मौके पर कुछ कमाई कर लें तो घर पैसे भेंज दे, बिटिया की कालेज की फीस जानी है ... और भी बहुत कुछ बहन की शादी भी करानी है ... घर भी नहीं है उसका भी सोच रहा हूं ... एक भाई और वह भी यहीं है ... वह भी लगा है ... रात दिन ... सच कहूं कल दौड़ते रहे कल चौदह घंटे मेहनत करके सात सौ की कमाई हुई थी। दो दिन से बढ़ी है कमाई ... अब यह

मौका नहीं गवाना चाहते ...''

'वैसे कितना कमा लेते हो ?''

''वैसे साहिब चार सौ-पांच सौ से कभी ऊपर कभी नहीं हुआ .... इस हड़ताल से साहब वक्त मिला तो फायदा उठा लें ... पीछे जब मैं घर गया था तो प्रधान मंत्री आवास योजना में गांव के प्रधान को बोल आया था कि दो लाख की सब्सिडी दिला दे मकान बना लेंगे हम ...''

''फिर क्या बोला पंचायत प्रधान ?''

''बोला क्या बोला दिला दूंगा आधा मेरा हिस्सा होगा ... सोच लो हां करो या न ... क्या करे साहब ... आधा ही सही ... हां कर आया हूं, उसने भी मकान बनाना होगा .... देखते है क्या होता है बस हम दोनों भाई जोर से लगे हैं ... ''

वह बोल ही रहा था कि सिग्नल खुल गया और वह चुप हो गया अपने स्कूटर को आगे आगे जल्दी से निकालने लगा। सबका ध्यान भी आगे की ओर हो गया।

सिग्नल पार करते ही वह फिर से सरपट दोड़ने लगा। अभी सिग्नल पार ही किया था कि एक पुलिस वाले की नजर उस पर पड़ी ज्यादा स्वारी देख कर उसे रूकवाने के लिए सिट्टियां पर सिट्टियां मारने लगा।

परन्तु महाशय पुलिस को नजरांदाज करते हुए भागने लगे और भाग निकलने में भी कायमबाब हो गया। होता भी क्यों नहीं पैसे कमाने की धुन जो बनी हुई थी।

'' पुलसिए घात लगाए बैठें हैं साले ..... हमें पकड़ेगें ..... रात दिन मेहनत हम करें और हमारी मेहनत पर पल में ही पानी फेर देते हैं ... साहब पुलसिए चोरों को नहीं पकड़ेगे .... हमें पकड़ेगा ... सारे दिन की कमाई खा लेगा .... इनका पेट बहुत बड़ा है .... महीने में एक बार तो जरूर पकड़ेगे ... साहब तंग आ गए हैं .... कभी कभी तो ''

''भाई इनका काम है व्यवस्था भी संभालनी होती है ... और इन्होंने भी तो मकान बनाना है ...''

वह पीछे भी देख रहा था और अब और तेज भी भाग रहा था। डर था कि पुलसिया पीछा नहीं कर ले ।

''आप ठीक बोल रहे हैं, समाज की व्यवस्था थोड़े संभालते ये, ये तो अपने घर की व्यवस्था संभालते हैं जैसे मैं अपने घर की संभालने मेहनत कर रहा हूं और ऐ बगुले की तरह मछली को ...''

वह बोल ही रहा था कि एक पोलीस की मोटर साइकल स्कूटर के आगे हाथ देती हुई खड़ी हो गई ... अब उसके मुंह से निकल पड़ा ...

"लो वही हुआ ... सारे दिन अब इसके हवाले .... " कहते हुए वह एक साइड पर रूक गया।

"क्या हुआ भाई ?"

" साहब आप बैठे रहो हमारे सामने यह बड़ा सिग्नल जो आ गया। अब यह सारी कमाई ले कर ही सिग्नल ग्रीन करेगा ..."

और वह मायूस हो कर दोनों हाथ जोड़े पुलिस वाले के पास हल्के हल्के कदमों से जाने लगा।

13.ए मालिक तेरे बंदे हम

'अस्पताल में लाईन लग गई थी। अस्पताल सब शुरूआती दौर में ही भरे पड़े हैं। महामारी क्या आई सारी दुनियां इसकी गिरफ्त में आ गई। बड़ों-बड़ों की हेकड़ी बंद हो गई। बड़े अधिकारियों, नेताओं और जो भी सक्षम रहा उसने अपने को सुरक्षित रखने में कोई कमी नहीं रखी। करोना भारी पड़ रहा है तो आम आदमी को। उसे तो घर से बाहर निकलना ही है। घर रहे तो भूखा मरे बाहर निकले तो मरे ! वह भी क्या करे काम पर नहीं जाएगा तो खाएगा क्या? ऐसा ही हमेशा हुआ है। जब कभी कोई आपदा आई तो उसकी मार सबसे पहले आम आदमी पर ही पड़ी, फिर चाहे वह आपदा प्राकृतिक ही क्यों न हो। बाढ़ आए, सूखा पड़े, रोग आए या फिर युद्ध हो सबसे पहले आम आदमी ही झेलता है ... क्या यह आम आदमी इसीलिए ही बना है ... ए मालिक सब तेरे बंदे हैं फिर भेद भाव क्यों ? '

अस्पताल से लौटते हुए अपने घर के पास ही नाना नानी पार्क में कुछ पल आराम करते हुए सत्तर वर्षीय जीवन के दिमाग में एक बैंच पर बैठे विचार उमड़ रहे थे। वह करता भी तो क्या करता। सरकार, डाक्टर आदि सब इस बिमारी के लिए बूढ़ों को ही तो डरा रहे थे। जीवन भी क्या करता घर में अकेला अगर उसे कुछ हो जाए तो कौन उसकी देख भाल करेगा।

हल्के से जुकाम, ताप के आभास से जीवन बार बार अस्पताल के चक्कर काटता परन्तु उसकी कोई बात ही नहीं सुनता। अस्पताल के कर्मचारी उसे इस तरह से देखते कि जैसे वह पाकिस्तान से आया हो ...या उसके साथ बहुत बड़ी छुआछात की बीमारी फंसी हो ... कोई उसकी सुनता ही नहीं ... जब वह किसी को पूछता तो लोग उसकी ओर एक तिरछी नजर डाल कर टाल देते, अनसुनी सी कर देते ... अस्पताल के कर्मचारी, नर्स से लेकर डाक्टर तक दूर से बात करते और उसे इशारे से रूकने को कहते। लेकिन लौट कर कोई नहीं आता। उसके कानों में एक ही आवाज ... एक ही उत्तर मिलता ' कोई बैड खाली नहीं है ' ... आखिर कब तक रूका जाए ? सरकारी

व्यक्तव्य, 'सब व्यवस्था सरकार ने कर रखी है ... सरकार इस महामारी से लड़ने के लिए पूरी तैयार है' सब जीवन सुनता रहता और मन ही मन सरकार को कोसता भी रहता।

खाली हाथ घर लौट जाता और टी वी देखता और वह टी वी तब तक देखता जब तक कि करोना के लक्षणों के बारे बताया नहीं जाता। इन लक्षणों को अपने साथ कंपेयर भी करता। यहां तक कि बाहर भी पुलिस की गाड़ी बीमारी के बारे में सूचना देती, उसे भी ध्यान से सुनता और यह सूचना टैस्ट के लिए लोगों से आग्रह भी करती। वह टी वी बंद करता और अस्पताल की ओर जाता और खाली हाथ रोज ही लौट आता। यही सुनने को मिलता, 'कोई बैड खाली नहीं है' ... सोचता कैसी व्यवस्था है सरकार जिस पर लोग भरोसा करते हैं उनकी कथनी और करनी में भिन्नता ?

अभी तक तो उसका टैस्ट ही नहीं हुआ। बार बार करोना के लक्षण को अपने साथ मिलाते हुए उसे लगता कि करोना के कुछ लक्षण उससे मेल खा ही रहे हैं। फिर भी रोज टी वी देखता, पुलिस की गाड़ी की अनांउसमैंट सुनता, इन लक्षणों की अपने साथ तुलना करता और उसका शक बढ़ता भी जाता।

सत्तर वर्षीय जीवन अभी भी अपने को तंदरूस्त सझता था।

अकेले होने पर भी वह अपने को व्यस्त रखता। सुबह सैर को जाना, नाना नानी पार्क में घूमना वहां बहुत से अपने जान पहचान वालों के साथ मिलना, कुछ युवाओं के साथ भी गपशप मारना गपशप क्या उनके साथ , 'हाय' गुड मॉर्निंग करना, सुबह के कार्यक्रम में अपने को व्यस्त रखता। लेकिन अब अपने को सबसे दूर रखता आया था। रोज वह टी वी पर यही समाचार के साथ सरकारा, डाक्टरों के सुझाव, ' साठ साल के ऊपर और बच्चे अपने घरों में रहें ... यह कारोना सबसे अधिक प्रभाव इन्हीं पर ही डालता है ...' आदि आदि सुनता और अपने साथ जब तुलना करता तो उसका शक बढ़ जाता।

उसने कभी भी अपनी आयु के बारे में सोचा ही नहीं। आज अचानक वह अपनी आयु को गिनने क्यों लग गया था, उसे अपने आप भी समझ नहीं आ रहा था। क्या वह अपने को शोले के आखिरी चमकाहट समझे ? शोला बुझने वाला है ?

वह सावधान रहता। सोचता कि उसे कुछ हो जाए तो घर में तो कोई नहीं है जो उसकी देख-भाल करे। सोचता कि औलाद जब हुई तो यही सोचते कि बड़ी उमर में सहारा होगा ... अब क्या इस बाजरवाद की होड़ में पैसे कमाने की लालसा इतनी बढ़ती जा रही है कि कोई किसी का साथ नहीं दे रहा है ? अब तो लड़कियां भी लिव दन रिलेशन में रह रहीं हैं। क्या जमाना आ गया ... सात फेरे लेने की जरूरत ही नहीं

... कभी एक के साथ रहो ... ठीक लगे तो ठीक है नहीं तो आगे देखी जाऐगी ..... तू नहीं और सही और नहीं तो और सही ... लड़के भी मस्ती मारते अपने मां-बाप को भूलने लगे हैं।

समय के साथ धारणाएं बदलने लगीं हैं और जब बदलतीं हैं तो एक पीढ़ी को तो अखरती ही हैं ... हमारे जमाने में तो लड़कियों को चोरी छिपे ही देखा जाता था। और दूर से किसी लड़की ने मुस्करा कर देख लिया तो तुलसी दास बन जाते थे। सौ बार इधर उधर देखते कि किसी ने देख लिया तो ! लड़की भी तो खुश होती ही होगी तभी तो गाना बना, 'मुझको पिया ने देख लिया हाय रे धोखे से ...'

जब समाज में परिवार इकाई का अविष्कार नहीं हुआ था तब भी तो लिव इन की यही व्यवस्था थी ही ... परिवर्तन के साथ परिवार की इकाई आई ... अब फिर यह इकाई कहीं टूटने के संकेत तो नहीं देने लगी है ... ?'

जीवन अकेला होने पर सब सोचता परन्तु अब तो वह कोई भी सपने नहीं पालता। इच्छा ही नहीं होती। सब समय चला गया। मस्त था। दुनियां देखता था, खुश था, बस इस महामारी ने सोच भी मार दी कुछ तो टी वी वाले चैनलों ने कुछ सरकार की गाड़ियों की अनाउंसमैंट ने ... और कुछ अपनी कमजोरी से ...

इस हालात में उसे अपनी पत्नी याद हो आती। परमात्मा की थ्योरी पता नहीं क्या है कैसी है जरा सा भी किसी को सुख मिलता है तो तभी ही एक झटका दे देता है। आदमी खामखा अपने में इठलाने लगता है। जब झटका लगता है तो उसकी समझ में आता है ... पत्नी को मरे आज बीस साल होने लगे हैं वह पास होती तो आदमी एक और एक ग्यारह हो जाता ...

लॉक डाउन में थोड़ी ढील क्या मिली जीवन भी युवाओं की तरह घर से निकल पड़ा। वह अकेला घर में सबसे अधिक प्रैशर में रहने लगा था। घर से निकलना और नाना नानी पार्क में जाना उसकी प्रक्रिया बन गई थी।

पार्क में युवा कम ही बात करते। जीवन को युवाओं से बात करने की कुछ अधिक ही इच्छा होती। वह अपनी ओर से उनसे बार बार जब बातें करता उसे अच्छा लगता। अपने बेटे की छवि उनमें देखता। बेटा आस्ट्रेलिया में, वह यहां अकेला। जब भी उसे बेटे की याद आती तो वह पार्क में युवाओं से बात करने लगता। शुरू शुरू में तो युवा उसकी बातों में रूचि लेते परन्तु अब तो उसे देख हाय करने के अतिरिक्त उसके पास रूकते ही नहीं। जान बूझ कर अपने कानों में मोबाइल के स्पीकर डाल देते और मुस्कराते हुए एक नजर जरा सी मिलाते हुए जल्दी से निकल जाते या अपना रास्ता ही दूर से बदल देते। जीवन इन युवाओं की अवाइड करने की कलाओं को अच्छी तरह

से जानता था। उसने भी तो यह सब भोगा है। वास्तव में एक पीढ़ी का दूसरी पीढ़ी से अंतर तो होता ही है। पुरानी पीढ़ी चाहती है कि नई पीढ़ी उसकी इज्जत करे, उसे करनी भी चाहिए ही क्योंकि पुरानी पीढ़ी अपने ज्ञान से उसे संसार के योग्य बनाने में चाहे सामने या परोक्ष में महत्वपूर्ण योगदान तो करती ही है। नई पीढ़ी जब ज्ञान प्राप्त कर लेती है अपने को योग्य समझने लगती है तो पुरानी पीढ़ी को नजरांदाज करने लग जाती है उस योगदान में अपना कुछ जोड़कर अपने को महान जो समझने लगती है और दूरी बनाने लगती है जो पुरानी पीढ़ी को चुभती है।

जीवन अच्छी तरह से अपने जीवन को समझ गया था। 'उसका बेटा अब उसके पास नहीं आएगा ... अपनी शादी का इंतजांम वह आस्ट्रेलिया में ही कर लेगा ... या कर लिया भी हो ... उसे कर भी लेना चाहिए। उसे कोई नहीं है ... अपने अनुसार ही हर आदमी को जीने की स्वतंत्रता होनी चाहिए और है लेकिन दूसरों की स्वतंत्रता न भंग हो ... यह जो परिवार की इकाई है इसी में अपना अपना लगता है और सारा परिवार एक साथ सुख में दुख में जुड़े रहते हैं साथ खड़े हो जाते हैं ...एक दूसरे के प्रति मनोवैज्ञानिक लगाव होता है ... जब मानव की आरम्भिक व्यवस्था थी तो पता ही नहीं चलता था कि कौन किस का बेटा है, कौन किस का बाप है, कोई भावुकता नहीं कोई कुछ नहीं ...'

आज उसे नाना नानी पार्क के एक कोने के बैंच पर बैठे दिमाग में यह विचार क्यों आ रहे हैं। उदासी उसे घेर रही है। उसे चार दोस्तों की कहानी याद हो आई ...

'चार यार एक अंधा, एक लंगड़ा, एक बहरा, नंगा .....

चारों बैठे आपस में बातें करते, सब काम मिल जुल कर सबकी सलाह के बाद ही करते। बहरा बोलता, "दोस्तो मैं एक शोर सुन रहा हूं भागो भागो कह रहे हैं ..." अंधे ने एक लंम्बा सांस लेकर कहा, "दोस्तो मैं देख रहा हूं कि डाकू आ रहे हैं ..."

तभी तपाक से नंगे ने कहा, "यार ये तो हमें लूट लेंगे ..."

"अरे भागो ... भागो ..." लंगड़े ने कहा।"

जीवन चार दोस्तों की वार्ता को याद करके सोचने लगा कि आज यही स्थिति सामने आ रही है जो देख नहीं सकता देख रहा है, जो नंगा है जिसके पास कुछ नहीं है वह लूटने की बात कह रहा है जो बहरा है वह सब सुन रहा है और जो भाग नहीं सकता वह भागने के लिए कह रहा है। आज यह स्थिति यहां हमारे भी सामने है। जीवन अकेला बैठ कर जोर से हंसता है ... लोग उसे देखने लगे हैं परन्तु उसे अब कोई परवाह नहीं ...जीवन को कुछ अच्छा नहीं लग रहा था। आज रात सारी रात करवट बदलता रहा। उसे खाने की भी इच्छा नहीं हो रही थी। अक्सर वह रात को ब्रेड ही खाता था।

कौन बनाने का झंझट करे बाजार से ब्रैड लाई और दो अंडे का आमलेट बना कर पेट के हवाले कर दिया। पेट भी शांत हो जाता जैसे इसे भी रिश्वत की आदत पड़ गई हो परन्तु अब तो जीवन बाहर से कुछ लेता ही नहीं विशेषकर ब्रैड। चपाती बनाने का उसे आलस सा होता खिचड़ी ही बन रही थी इन दिनों। उसे खा खा कर बोर होने लगा था। इसलिए रात को कुछ नहीं बना और लेट गया था। नींद कहां ... करवटें बदलता रहा ... सोचता रहा जीवन का क्या जीवन हो गया है ... और मोबाइल पर ही गाना लगा देता ... 'ए मालिक तेरे बंदे हम ...'

गाना सुनते सुनते आंखे बंद कर लेता और थोड़ी देर जब आंखें खोल कर रखता फिर बंद करता तो अश्रु धारा बह उठती ... उसे कुछ तसल्ली हो जाती। कब गाना बंद हो गया और कब नींद आ गई ...

सुबह जब उठा तो उसे लगा कि उसे हल्का हल्का बुखार हो रहा है। अब तो उसे अपने बीमार होने पर कोई शक ही नहीं रहा ...

जल्दी से तैयार हुआ और अस्पताल की ओर चल दिया। वह जल्दी से एक बहुत मशहूर निजी अस्पताल पहुंचना चाहता था। इस अस्पताल का नाम उसने बहुत सुन रखा था। बड़े बड़े नेता, बड़े धनाठ्य सब यहीं पर पहुंचते ... उसके पास भी पैसे की कोई कमी नहीं थी तो वह क्यों अपने पर खर्च न करे ... हमेशा अखवार की सूर्खियों में रहने वाले अस्पताल की ओर वह जा रहा था, अस्पताल पहुंचा ... उसका लक्ष्य पूरा हुआ।

सुबह सुबह मुम्बई में चहल पहल कम ही रहती। लोग देर से सोते और देर से उठते कुछ ही हैं जो सैर करते या बच्चे किसी पार्क में खेलने जाते या कुछ स्कूल जाते। परन्तु आजकल तो सबका काम बंद सड़के सुनसान। जीवन ने मुम्बई का यह जीवन कभी नहीं देखा मुम्बई हमेशा ही जागता रहने वाला मुम्बई में सन्नाटा ... बड़ा भयावह लगने लगा।

जीवन अस्पताल में किसी के रोकने पर भी नहीं रूका वाच मैन रोकता रहा उसने अपना थर्मामीटर पिस्तौल की तरह ऊपर उठाया जीवन का तापमान लेना चाहता था परन्तु जीवन की गति को कोई नहीं रोक सका। वह सीधे लिफ्ट से सातवें वार्ड में पहुंच जाता है।

बाहर बरामदे में एक युवा सा लड़का व्हील चेयर पर बैठा उसके साथ दो आदमी खड़े थे। उन पर एक हल्की सी नजर जीवन ने डाली। उसे समझ आ गया कि यह लड़का अस्पताल में दाखिल होने के लिए आया है इसके साथ दो आदमी इसके बाप भाई कुछ भी हो सकते हैं वेटिंग पर खड़े हैं और अंदर शीशे नुमा वार्ड में झांक रहे हैं।

जीवन ने कुछ नहीं देखा उसकी तबियत खराब होने लगी थी। वह हिम्मत हारने लगा था। हौंसला करके अंदर पहुंचा। सारा हॉल दिखाई दे रहा था। कोई भी बैड उसे खाली नहीं लग रहा था। वह थोड़ा आगे गया तो शीशे लगे कैबिन में एक वार्ड बॉय बैड में पड़े एक बूढ़े का गला घोंट रहा है ... बूढ़ा तड़फ रहा था ... इसी तड़फन में अपनी टांगे ऊपर उठा रहा था और हिम्मत करके वार्डबाय को धक्का मार तो रहा था ... परन्तु सफल नहीं हो पा रहा था ... वह वार्ड वाय उसका गला घोंटते हुए उसे ऊंचे-ऊंचे कह रहा था कि ' तुमने तो अपनी उमर खा ली ... बाहर युवा को बैड चाहिए और तेरे को ऊपर का रास्ता .'

जीवन से रहा नहीं गया बूढ़ा बूरी तरह से तड़फ रहा था जीवन ने अपनी सोठी से कैबिन के शीशे पर जोर से मारी ... भारी सी आवाज हुई ... वार्ड बॉय का ध्यान उसकी ओर गया। उसके हाथ बूढे की गर्दन से एक दम हट गए। वह घबराया हुआ जीवन की ओर जल्दी से आने लगा। जीवन की नजर जब उसकी आंखों के साथ मिली तो उसे उन आंखों में शैतान नजर आया। इससे पहले कि वह जीवन तक पहुंच जाता जीवन पीछे की ओर भाग आया। वह वार्ड बॉय चिल्लाता रहा पकड़ो पकड़ो ....तब तक जीवन लिफ्ट से नीचे उतर आया था।

फिर बाहर पहुंचकर घर की ओर भागता रहा ... उसके शरीर में अब न ताप था न कोई बिमारी की चिंता ... वह तो भाग रहा था ... एक स्कूटर उसे मिल गया उस पर वह घर की ओर चला जा रहा था ... उसे लगा कि बजुर्गों को अब कहीं भी जगह नहीं है न घर में न बाहर ... समाज में ...

घर पहुंच कर उसने सांस ली उसे लगा कि वह स्वस्थ है घर में सुरक्षित है और एक कुर्सी पर बैठकर मोबाइल पर वही अपना गाना लगा दिया,

'ए मालिक तेरे बंदे हम ...'

14.मेरी दोस्ती मेरा प्यार

आज मुझे याद आने लगा बीस साल पहले जब मैं शिंटू से मिला था। वह भी एक इत्तफाक ही था। शिंटू न जाने कहां से आ रहा था मेरे सामने ही वह धड़ाम से गिर गया। सतरह-अठरह साल का लड़का कैसे गिर गयी? मैं अपने को रोक नहीं सका और उस ओर भागते हुए गया, उसे उठा कर खड़ा करने में मदद की। मुझे पूछने का उसने मौका ही नहीं दिया बोला, "थैंक्यू अंकल कोई बात नहीं मेरे साथ ऐसा होता रहता है। अब मैं अपने आप घर चला जाऊंगा कोई टैंन्शन नहीं।" उसके चेहरे पर कोई झेंप तक नहीं थी। वह मुस्कुराता रहा।

वह चला गया। चाल तो उसकी लगड़े जैसी ही थी। मैं उसे जाते देखता रहा। उसने एक बार भी मुड़कर नहीं देखा। मैं भी अपने काम पर चला गया परन्तु जब शाम को उसी स्थान पर पहुंचा तो मेरा ध्यान फिर शिंटू की ओर चला गया था। उसके प्रति मेरी जिज्ञासा बढ़ने लगी, जानने की इच्छा हुई और शिंटू के घर का पता करके उसके घर वालों से मिलने की इच्छा हुई। पता चला कि वह अपने पिता के साथ रेलवे कालोनी में रहता है। मैं शाम को ही उनसे मिलने चल पड़ा।

रेलवे कालोनी में पहुंचा उसका मकान मिलने में कोई देरी नहीं लगी । शिंटू का नाम पूछते ही बाहर खेल रहे लड़के मुझे उसके मकान तक ले गए। रेलवे की कालोनी हो तो कोयले की अंगीठी क्यों न जले एक नहीं सभी घरों से कोयले की सुंगध के साथ आसमान में उठता धुंआ रेलवे कालोनी का आभास करा रहा था। पुराने समय की इस कालोनी में पानी नल से हमेशा लगातार वह रहा था टूंटी तो थी ही नहीं, किसी ने इन्हें एक बूंद पानी का मूल्य समझाने की हिम्मत नहीं की होगी क्योंकि इन्हें पानी की कोई दिक्कत आई ही नहीं होगी। सामने का गेट खुला रहता जहां से हर आने जाने वाले को देखा पहचाना जा सकता था। काल बैल बजाने की कोई जरूरत नहीं पड़ती। घर में उसके पिता जी मिल गए। घर के अंदर से मुझे खड़ा देख अपने कंधे

पर रखे एक लाल रंग के तौलिए से हाथ पोंछते हुए मिलने बाहर आ गए।

"आप शिंटू के बारे पूछने आए हैं यहां जो नया आदमी आता है वह उसी के बारे में पूछना चाहता है। आप भी पूछें।"

शिंटू के पिता जी ने मुझे देखते ही मेरे मन की बात को पढ़ लिया था।

"हां मैं शिंटू के बारे में ही जानने के लिए आया हूं।"

"आइए अंदर बैठते हैं। चाय भी पीते हैं और गपशप भी करते हैं।" मैं सम्मोहित जैसे अंदर चला गया।

छोटा सा कमरा उसी में एक ओर सोफा लगा था, कमरे का एक हिस्सा ड्राइंग रूम बनाया गया था। सामने दीवार पर एक रैक बना था। उस रैक पर दस ग्यारा ट्राफियां रखी थीं। सोफे के एक ओर बैठने के साथ ही चाय के लिए कहा गया जिसका मैं उपचारिकता वश भी बिरोध नहीं कर सका क्योंकि चाहता था कुछ देर बैठा रहूं और शिंटू के बारे जान सकूं।

शिंटू के पिता ने बात अपने आप ही आरम्भ कर दी, "मेरा शिंटू जिसका नाम विजय बहादुर है पैदा होते ऐसा नहीं था। इसका अपाहिजपन हमें जब यह आठवीं में था सामने आया और हम इसके इलाज में जुट गए। होनहार लड़के के लिए मैंने क्या नहीं किया। इसकी बीमारी की लड़ाई तो मेरे लिए किसी सैनिक युद्ध से कम नहीं थी। मैंने हर मोर्चा संभाला परन्तु मैं हार गया। मैं क्या मैडिकल सांईंस ही हार गई। यह बीमारी जीन्स के द्वारा एक पीढ़ी से दूसरी पीढ़ी में जाती है। अब पता नहीं मेरे जीस में थी या मेरी पत्नी के डाक्टरों ने इस बीमारी का नाम मस्कुलर डिस्ट्राफी कहा है अर्थात सब मसल धीरे धीरे कमजोर फिर काम करना छोड़ देंगे और अंत में जब यह बिमारी हार्ट तक पहुंचेगी तो सब खत्म हो जाएगा। मतलब आदमी तिल तिल मरता रहे और मां बाप इस दर्द को बर्दाश्त करते रहें।" वह थोड़ा रूका, मैं एक पिता की पीड़ा को समझ रहा था। उसने एक लम्बी सांस लेकर आगे बोलना आरम्भ किया, "तब तक हम शायद रहें या नहीं रहें कुछ नहीं कह सकते। अब चिंता यही है कि हमारे सामने सब कुछ हो जाए तो हम कम से कम इसकी देख रेख तो कर सकें। हमारे पीछे कौन इसे देखेगा जब से हमें इसकी लाइलाज बीमारी का पता चला है हमारी चिंता और बढ़ गई है।"

आठवीं तक सब ठीक रहा। यह बैडमिंटन का खिलाड़ी था। यह सब ट्राफियां जो आप रैक पर देख रहें हैं उसने जुनियर बैटमिंटन में प्राप्त की हैं। पढ़ने में भी वह किसी से कम नहीं था। वह ऊपर वाला भी जो योग य होता है उसी को दुख देता रहता है। फिर भी यह किसी न किसी तरह से बारहवीं पास कर गया। बारहवीं भी अपने स्कूल में पहले

नम्बर पर रहा। आगे पढ़ना चाहता था परन्तु अब इसका चलना बंद हो गया था, खड़ा होता तो गिर जाता है।''

बोलकर वह वह चुप हो गया। शून्य में बाहर की ओर देखने लगा। मैं भी चुपचाप उसको पढ़ने लगा था, शायद उसके दर्द की पीड़ा का एहसास मुझे होने लगा होगा। इतने में शिंटू की मंमी चाय ले आई और हम चाय पीने लग गए, साथ में उसके पिता शिंटू के गुणों का बखान करते रहे। पता चला वह पेंटिंग भी करता है, गाना भी गाता है,बांसुरी भी बजाता है। शिंटू कई गुणों की खान बताया गया।

बीस साल बाद मैं इस शहर में फिर ट्रांसफर हो के आया तो शिंटू याद आने लगा। यह सोचकर कि इस छोटे से शहर में अगर वह यहीं होगा तो कभी न कभी वह मिल ही जाएगा, मैं अपने काम में लग गया। मेरे सामने एक अपाहिज की साइकल रूकी। साइकल में एक अधेड़ सा युवक बैठा जो हाथ से साइकल को चला रहा था। साइकल में सुपारी, गुटके, सिगरेट, बीड़ी आदि की लटाएं लटकी हुई थी। साथ में एक ओर लटके रेडिओ में गाना चल रहा था। युवक की गर्दन भी गाने के ताल के साथ हिल रही थी। मैंने सोचा कि यह मुझे कुछ बेचने वाला है। मैंने तुरन्त ही कहा, ''भाई मैंने कुछ नहीं लेना है। आपके पास मेरे लिए कुछ नहीं है।''

''अंकल मैं आपको कुछ दे ही नहीं सकता। मैं शिंटू हूं। आपने मुझे एक दिन सड़क पर गिरते ही उठा लिया था। आप हमारे घर भी आए थे,बात पुरानी ...''

''अरे शिंटू तुम ...'' मैं शिंटू को पहचान कर बीच में ही बोल उठा। जिस के बारे मैं सोच रहा था वह मेरे सामने है। मैं खुश हुआ।

मैंने शिंटू को ध्यान से देखा, उसके बाल समय से पहले ही सफेद होने लगे थे। लगता है कि इसके बाल धूप में सफेद हो रहे हैं क्योंकि उसे अपने जीवन को चलाने के लिए साइकल पर धूप में ही तो निकलना पड़ता है। जब मैं उसकी साइकल को देख रहा था तो वह बड़े प्यार से मुस्कराते हुए बोल उठा, ''मेरे मामा ने दी है।''

मैं भी केवल मुस्करा देता हूं। साइकल के ऊपर लिखा था,

'मैंने जीना सीख लिया है।' 'मुझे उसका यह स्लोगन अच्छा लगा। लड़का हिम्मत वाला है। यह तो मैं जानता ही था, आज देखने को मिल गया। तभी गुटके के गाहक उसके पास आ गए और वह गुटका बेचने में लग गया। उसके एफ एम रेडियो पर गाना चल रहा था और वह गाने के साथ झूंमता भी रहा और अपना सामान भी बेचने में व्यस्त हो गया।

उसके दो चार गाहकों ने उसे घेर लिया मैं भी जल्दी में था चल दिया। जाते हुए दिमाग में आने लगा कि उसकी बीमारी अब आगे बढ़ रही है। यह सब जानते हुए भी

वह बड़े उत्साह से अपना जीवन यापन कर रहा है। आज मैं जल्दी में था चल पड़ा। बात अधूरी लगने लगी और सारे दिन शिंटू ही दिमाग पर छाए रहा, शिंटू की बीमारी अब आगे बढ़ गई है, उसकी टांगें बेकार हो गई हैं अब शायद वह कितने दिन ..., आदि आदि चल चित्र की तरह दिमाग के पटल पर दस्तक देते रहे।

शिंटू को देख आज मुझे फिर से बीस साल पहले उसके पिता की मुलाकात याद हो आई। बीस साल को गुजरते मुझे तो कोई पता नहीं चला परन्तु बीस साल में कई तो परिवर्तन हो गए होंगे। मेरी जिज्ञासा शिंटू के पिता से मिलने की फिर होने लगी।

शाम को ही मैं रेलवे कॉलोनी की ओर चल पड़ा। अब तो पहले जैसा अंगीठियों से धुआं ही नजर नहीं आ रहा था। अब शायद रेल इलैक्ट्रिक हो गई है फिर भी कुछ इक्का-दुक्का अंगीठी से धुंआ निकल ही रहा था। उनके मकान के पास रूका तो देखा वहां तो कोई और ही रह रहा है। पता चला कि शिंटू के पिता को रिटायर हुए कई वर्ष हो गए और सुना जाता है कि उसके माता पिता दोनों ही भगवान को ᑊ यारे हो गए हैं। अब शिंटू अपने बाप के बनाए हुए मकान में अपने भाई के साथ रहता है।

यह जानकर तो शिंटू से मिलने की मेरी जिज्ञासा और बढने लगी। अब जब भी मैं घर से बाहर निकलता हूं तो मेरी नजरें शिंटू को ढूंढने में ही लगी रहती हैं। उस दिन तो शिंटू मुझे प्रसन्न सा लगा। अब कहां रहता है कैसे गुजारा करता है सब जानने की इच्छा होने लगी। सभी बिकलांगो वाली साइकलों पर मैं नजर रखने लगा।

मन में इच्छा हो तो बात बन ही जाती है देरी भले ही लग जाए, एक वर्ष के बाद एक दिन शिंटू की साइकल को एक अधेड़ सा पुरूष धक का मारता हुआ ले जा रहा था, दिखाई दिया। कभी कभी कोई गाहक मिलता तो वे रूक जाते। अपना सामान बेचने लगते। मैं जल दी से शिंटू के पास पहुंच गया। मुझे देखते ही बोला, ‘‘अंकल आप सालों बाद मिलते हैं। पिछली बार भी मैं आपको देखता रहा आप चले गए थे।’’

‘‘हां, मैं चला गया था। उसके बाद मैं भी तुम्हें देखता रहा कोई पता नहीं चला।’’

‘‘अंकल, यह मेरा दोस्त भोला है। सवेरे हम दोनों साथ चलते हैं। अब मैं अपनी साइकल भी नहीं चला सकता। यह साइकल को धक्का देता रहता है और मैं सामान बेचता रहता हूं। हम दोपहर और रात का खाना इकट्ठे ही खाते हैं, साथ रहते हैं।’’ अपना मुंह भोले की ओर करके उसे कहा, भोले, ‘‘अंकल नू नमस्ते कर।’’

भोले ने मुझे नमस्ते की। मैं मुस्कराया, ‘‘भोले आप बहुत अच्छा करते हो। सेवा भाव तो किसी में ही होता है। धन्य हैं वो जो सेवा करते हैं।’’ मैंने भोले के कंधे पर हाथ रख कर कहा।

‘‘भोला का भी कोई नहीं है। भाईयों ने इसे घर से निकाल दिया है। अब हम

दोनों साथ साथ ही रहतें हैं। यह खाना बनाता है,मैं थोड़ी बहुत मदद कर लेते हूं। फिर रात को हम कभी कैरमबोर्ड भी खेलते हैं।''

''तुम कैरम बोर्ड खेल लेते हो तुम्हारे तो हाथ चलते नहीं।''

''हाथ तो चलते नहीं परन्तु उंगलियां चलती हैं। भोला मेरे हाथ को बोर्ड पर रख देता है और मैं गोटियों को अच्छी तरह से खेल लेता हूं।''

''अंकल, यह ज्यादा बार जित जांदा है।'' भोले ने कहा।

मुझे आश्चर्य होने लगा। इस लड़के को किसी से कोई शिकबा नहीं, कोई शिकायत नहीं। इसे उस बनाने वाले ने एक साथी भेज दिया है। अब इसके सहारे वह जिंदगी के शेष दिन निकाल लेगा। यह ऊपर वाला भी गोटियां खेलता रहता है, कौन सी गोटी कैसी खेलनी है वह अच्छी तरह से जानता है।

''हमारा मिलना भी एक इत्तेफाक ही था। यह बीड़ी खरीदने का मेरा पका गाहक था। इसी में हमारी दोस्ती हो गई। भोला पढ़ा लिखा नहीं है। यह अपनी प्रेमिका को पत्र मेरे से लिखवाता था। मैं पत्र लिखते हुए उसमें मजा लेता। एक बार मैंने उस पत्र में अपनी नमस्ते उसे क्या लिखी उसे तो पता ही चला गया कि भोला अनपढ़ है वह इसे छोड़कर चली गई और तब से यह प्रेम का मारा मेरे साथ ही रहता है। वह इसका सब कुछ मार कर चली गई।''

मैं भोले की कहानी समझ गया उसकी ओर देखता रहा, वह मेरी ओर देखता रहा एक भीगी बिल्ली की तरह। मैंने उसके कंधे पर फिर हाथ रखा। साइकल पर रखे एक मोबाइल पर गाने बज रहे थे। साफ था कि अब रेडियो की जगह मोबाइल ने ले रखी थी।

''मैंने सर उसको क्या नहीं दिया। वह जो मांगती सब कुछ देता था। मैंने भूखा रहकर भी उसकी हर मांग पूरी की । मैं खाली हो गया हूं।''

''भोले इस तरह से अपना दिल छोटा नहीं करते। तुम्हारे साथ तुम्हारा दोस्त भी तो है।'' तुम खाली कैसे हो गए मैंने कहा।

तभी मोबाइल पर शिंटू और भोले का नाम आ गया। मोबाइल पर एफ एम विविध भारती का 'एस एम के बहाने आपके तराने' बज रहा था। उनकी फरमाइश थी 'मेरी दोस्ती और मेरा प्यार' फिल्म दोस्ती का गाना।

''चुप हो जाओ चुप हो जाओ। हमारा गाना आ रहा है। अंकल, यह हम दोनों की फरमाइश है। हम इसी गाने की फरमाइश करते रहते हैं।'' वह मेरी ओर देख कर, कान मोबाइल की ओर लगाकर मुस्काने लगा।

''आज फिर हमारा गाना आ गया।'' भोला भी खुश हो रहा था। अब उन दोनों

का ध्यान गाने पर था। वे अपना नाम बिविध-भारती से सुन कर बड़े खुश हो रहे थे, साथ में गाना भी गुनगुनाने लगे।

गाना खत्म होने के बाद दोनों ने एक दूसरे से हाथ जोर से मिलाया मानों इनमें से किसी ने क्रिकेट के मैदान में छक्का मारा हो। थोड़ा हंसते रहे मैं उन दोनों को देखता रहा इनकी दुनियां भी अपनी है, वर्तमान में जीते हैं कल क्या होगा ,उसके लिए निश्चिंत रहते हैं। इनके जीवन का दर्शन ही पढ़ने योग्य है। विविध भारती भी इन लोगों के लिए कुछ खुशी तो बांटती है। क्षण में ही वे फिर अपनी बात पर आ गए, ''अंकल अब इसकी शादी हो जाए तो हम साथ रहेंगे, खाना वह बना लिया करेगी और हम बाजार में माल बेच कर पैसे उसे दे दिया करेंगे।'' शिंटू ने कहा।

भोला भी चुप रहा बल्कि हल्का सा मुस्काने लगा था। लग रहा था कि उसे काम सताता होगा और लगने लगा कि वह शादी की इच्छा रखता ही होगा।

मैं इन दोनों से मिलकर आज खुश था।

शिंटू और भोला को जब भी देखता हूं तो दोनों एक दूसरे के साथ देखने को मिलते हैं। उन्हें देखने से मुझे 1964 की फिल्म दोस्ती की याद ताजा हो जाती है। इसी फिल्म के गाने की वे विविध भारती से हमेशा फरमाइश करते रहते हैं। एक लंगड़ा और दूसरा अंधा, दोस्ती अटूट। यहां थोड़ा भिन्न एक स्वस्थ और दूसरा अपंग। एक चल नहीं सकता दूसरा चल फिर चकता है इसलिए शिंटू की पूरी तरह भोला मदद करता। ऐसा लगता है कि दोस् ती के दोनों किरदार फिर से एक अलग रूप लेकर आ गए हैं। आज के समय में जब एक दूसरे के पास बात करने का समय भी नहीं है यह दोस् ती का भाईचारा देखने को कम ही मिलता है।

कुछ अंतराल के बाद अब शिंटू चल फिर नहीं सकता, उठ-बैठ नहीं सकता लेकिन बात चीत अच्छी तरह से करता । कहीं बैठा हो और बात कर रहा हो तो कोई नहीं कह सकता कि इसे कोई बीमारी है। हर बात में भाग लेता। सवेरे ही सारी के सारी अखबार जब तक चाट नहीं लेता तब तक वह चाय का घूंट तक नहीं पीता।

कुछ और दिनों के बाद जब मैं उन से मिला तो अब शिंटू की हालत खराब हो रही थी। वह अब अपने हाथ तक नहीं हिला सकता। केवल बोल सकता था। अब तो दोनों साथ ही रहते हैं। उनसे पता चला कि शौच करने के लिए भोले को ही उसे बाथ रूम तक ले जाना पड़ता है। यहां तक कि उसके चूतड़ तक भोला ही धोता है। अब तो उसके पांव में सूजन आ गई है। मैंने उन्हें कहा कि चलो डाक्टर को दिखा आएं।

''नहीं कल ही मैं इसे डाक्टर को दिखा आया था।'' भोले ने कहा।

साइकल पर शिंटू को बैठाए अपना सामान बेचने दोनों निकल पडे। मोबाइल पर विविध भारती बज रहा था। मैं उन दोनों को जाता देखता रहा। सोचने लगा कि सब अपनों ने शिंटू को त्याग दिया है एक मित्र ही काम आ रहा था। आज के समय में इस तरह के काम चूतड़ तक साफ करने का कौन कर सकता है? भोले तुझे सलाम हो। अब मेरी जिज्ञासा बढ़ती जा रही थी कि शिंटू की किसी दिन छुट्टी हो जानी है। डाक्टरों के कहने के मुताविक बीमारी हार्ट तक पहुंचने वाली है। इसलिए भी मैं उनको लगभग रोज देख आता।

शिंटू को मालूम है कि अब उसके दिन थोड़े ही रह गए हैं। उसे इसका कोई गम नहीं। शरीर में कोई स्‍ थान ऐसा नहीं जहां उसे पीड़ा नहीं सताती हो लेकिन उसने कभी भी इसका पश्चाताप नहीं किया। वह कहता फिरता कि भोले जैसे दोस्‍ त का जिस को साथ हो उसे दर्द का एहसास ही नहीं हो सकता। उसका मानना है 'भगवान है या नहीं वह तो अपने मां-बाप के बाद भोले को ही जानता है।'

एक दिन मैं काम पर से घर आ रहा था। रास्ते में देखा तो शिंटू अकेला ही साइकल पर बैठा था। आज उसके पैर अधिक फूले हुए थे, आंखें डूबी सी, शरीर में कोई हरकत नहीं। उदास सा सड़क का दूसरा छोर देख रहा था। मोबाइल पर गाना 'मेरी दोस्ती और मेरा प्यार' बज रह था। मैंने पूछा, "क्यों शिंटू आज तुम्हारी फरमाइश फिर आ गई।" "नहीं अंकल अब तो गाना ही इसमें भर दिया है और इसी को सुनता रहता हूं। विविध भारती वाले भी तंग आ गए थे हमारी फरमाइश को बार-बार सुनाते हुए।" कहते हुए मुझे लगा कि आज पहली बार उसकी आंखें भर आई थीं। मैं उसकी ओर देखता ही रह गया। मैंने इधर उधर देखा तो मुझे भोला नजर नहीं आया, "क्यों शिंटू भोला दिखाई नहीं दे रहा है?"

क्षण भर वह चुप रहा फिर एक लंबा सांस लेते हुए बोला, "अंकल जब से भोला गया है यह गाना मैं लगातार बजाता रहता हूं। मुझे लगता है कि भोला मेरे पास ही है। मैंने ही उसे भेजा है।"

वह चुप तो हो गया या उसका गला रूंध गया था कुछ नहीं बोल पाया। लेकिन मेरा माथा ठनका पूछा, "कहां गया है भोला, वह तुम्हारे बिना कहीं जाता ही नहीं था।"

"भोला कहीं नहीं गया है आ जायेगा। उसे मालूम है मेरा अंतिम समय नज़दीक है, उसके बिना तो मैं मरूंगा कैसे? मेरे अंतिम संस्कार उसी के हाथों होने हैं। वह आएगा और यह गाना बजता रहेगा हम दोनों मिल कर इस गाने को गाएंगे तभी मैं मरूंगा।" अब वह चुप हो गया। वह अपनी साइकल को मुझ से अलग ले जाना चाहता था। परन्तु मुझे मालूम है कि उसके हाथ नहीं चलते। उसमें अब तो बोलने तक की

शक्ति भी नहीं रही है।

मेरी नजर उसके साइकल पर लटके सामान पर गई तो देखा उसमें अब एक आध ही पाऊच पड़ा है।

''तुम्हें यहां कौन लाता है''

''मोहल्ले के लड़के यहां ले आते हैं।'' उसका गला फिर भर आया।

''अंकल, आज आप मुझे घर छोड़ आओगे न? बहुत देर हो गई है। आज मुझे घर छोड़ने कोई नहीं आए। चुप होते ही उसने मुंह में आया थूक अंदर किया। जब भोला उसके साथ नहीं है तो मुझे लगा कि आज उसने खाना नहीं खाया होगा। मैं पास से ही एक दर्जन केले ले आया।'' एक केला शिंटू के मूंह में डालते हुए पूछ ही लिया, ''तुम भोले के बिना खाना कैसे खाते हो?''

''अंकल, खा लेता हूं। अपना मुंह ही खाने तक ले जाना पड़ता है।'' वह मुस्करा तो रहा था परन्तु लगा कि वह भूखा था, केला उसने बड़े स्वाद के साथ खाया और मुझे खिलवाने में आनंद आया।

मुझे उसकी मदद करना अच छी लगने लगी। उसकी साइकल को धक का मारते हुए उससे पूछ ही लिया, ''अच्छा भोला कब आएगा।''

''भोला जरूर आएगा वह हनीमून मनाने गया है। अंकल उसने शादी कर ली, कर क्या ली मैंने ही करवाई। भाभी आएगी हम दोनों की रोटियां बनाएगी। हम दोनों मिल कर खाऐंगे, उसका लड़का होगा, मुझे वह अंकल पुकारेगा। मैं उसे चाकलेट दूंगा...'' बोलते बोलते वह सपने देखने लग गया था, चुप हो गया क्योंकि आगे उससे कोई शब्द ही नहीं निकल रहे थे। अब मैं भी उससे कुछ नहीं पूछ पाया। मेरा गला भी तो रूंधने लगा था।

मुझे लगने लगा कि अब भोला नहीं आएगा। सेवा करना बहुत कठिन धर्म है। लाखों में एक ही इसे निभा पाता है। और अब तो भोले को एन्टरटेनमैंट मिल गया है। अब शिंटू कुछ बीमारी से कुछ भूखे रहकर ही जल्दी चला जाएगा।

और एक दिन लोगों की भीड़ देख मैं भी उस ओर लपका। साइकल उस पर शिंटू बैठा आंखें खुली, मोबाइल पर से गाना बज रहा था 'मेरी दोस्ती और मेरा प्यार' और शिंटू चुप। आंखें जैसे भोले की राह देख रही हो कि भोला आएगा और उसकी अंतिम क्रिया करेगा। मैंने भीड़ को हटाया, उसकी आंखें बंद की और साइकल को भारी मन से धक्का लगाते हुए अंतिम यात्रा के लिए शिंटू को ले चला। सोचने लगा कि उसके रिश्तेदारों को जानकारी दूं। जब जिंदा रहते कोई भी काम नहीं आया तो उनसे संपर्क करने का कोई लाभ नहीं। हां पुलिस को समाचार देना जरूरी समझा।

मुझे उस दिन ही समझ लेना चाहिए था कि भोला शादी के बाद नहीं आएगा। शिंटू को क्या मालूम कि आजकल लड़कियां अपनों से अपने पति को अलग करती आई हैं परन्तु शिंटू की मित्रता के विश्वाश पर मैं कोई संदेह नहीं कर सकता था। अब मैं समझ रहा था कि भोला हनीमून से नहीं आएगा जब तक वह भी उसे छोड़ न दे। मुझे ही उसका क्रिया-कर्म करना होगा। शिंटू के लिए लोग यह नहीं कहें कि उसका मित्र अंतिम समय में भी नहीं आया।

मैं उसके क्रिया-कर्म के लिए उसे श्मशान भूमि की ओर ले जाने लगा उधर उसके मोबाइल पर अब भी गाना बज ही रहा था 'मेरी दोस्ती और मेरा प्यार'। मैंने गाना बजने दिया। साइकल पर से जब शिंटू को उठाया गया तो सीट पर एक फोटो भोले और शिंटू आपस में एक दूसरे को देख रहे हैं मिला, हो सकता है वह अंत तक इस फोटो को देखता रहा हो। मैंने फोटो भी शिंटू के साथ चिता पर रख दिया।

वहीं पर दूर खड़े एक युवक पर मेरी नजर पड़ी जो असहाय और विवश सा लग रहा था जो जलती चिता की लौ को देख किसी गहरी सोच में सजल नेत्रों से निहारता हुआ एक टक देख रहा था शायद वह भोला ही हो। मैं उसे ऐनक के बिना ठीक तरह से पहचान ही नहीं पा रहा था। मैं भारी मन से चिता के धुंए को ऊपर उठता देखता रहा शिंटू के दर्द को पढ़ते-पढ़ते दर्द के एहसास में डूबने लगा। पास पड़ी शिंटू की साइकल पर रखे मोबाइल से गाना अभी भी बज रहा था, मेरी दोस्ती मेरा यार।

www.ingramcontent.com/pod-product-compliance
Lightning Source LLC
LaVergne TN
LVHW010814051026
849532LV00007B/2537
9789390410286